Petits Classiques
LAROUSSE

*Collection fondée
Agrégé des Lettres*

Lettres

Madame de Sévigné

Lettres choisies

Édition présentée, annotée et commentée
par Florence RENNER
docteur ès lettres
certifiée de lettres modernes

Direction de la collection : Carine Girac-Marinier
Direction éditoriale : Claude Nimmo
Édition : Marie-Hélène Christensen, Laurent Girerd
Lecture-correction : Joëlle Narjolet
Direction artistique : Uli Meindl
Couverture et maquette intérieure : Serge Cortesi, Sophie Rivoire, Uli Meindl
Mise en page : Monique Barnaud, Jouve Saran
Responsable de fabrication : Marlène Delbeken

© Éditions Larousse 2014
ISBN : 978-2-03-586813-8

SOMMAIRE

Avant d'aborder l'œuvre

6 Fiche d'identité de l'auteur
7 Pour ou contre Madame de Sévigné ?
8 Repères chronologiques
10 Fiche d'identité de l'œuvre
11 Pour ou contre les *Lettres* ?
12 Pour mieux lire l'œuvre

20 Lettres

Madame de Sévigné

65 Avez-vous bien lu ?

Pour approfondir

70 Thèmes et prolongements
76 Textes et images
87 Vers le brevet
91 Outils de lecture
93 Bibliographie et filmographie

AVANT D'ABORDER L'ŒUVRE

Fiche d'identité de l'auteur

Madame de Sévigné

Nom : Marie de Rabutin-Chantal, future marquise de Sévigné.

Naissance : 5 février 1626, à Paris.

Famille : sa grand-mère, Jeanne Frémyot de Chantal, fut sanctifiée par l'Église. Son père, Celse-Bénigne de Rabutin-Chantal, est issu d'une famille bourguignonne de noblesse d'épée. Sa mère, Marie de Coulanges, provient quant à elle d'une famille de « nouveaux riches », qui gagne de l'argent en avançant au roi le montant de certains impôts.

Enfance : la jeune Marie devient orpheline très tôt ; elle perd son père à deux ans, et sa mère alors qu'elle n'a que sept ans. Elle est alors élevée par son oncle, Philippe de Coulanges, et connaîtra malgré tout une enfance heureuse, entourée de jeunes oncles et de nombreux cousins, parmi lesquels Philippe-Emmanuel, l'aîné, et Pierre de La Mousse, auxquels elle était particulièrement attachée.

Mariage et descendance : en 1644, Marie de Rabutin épouse le marquis de Sévigné. Deux ans après, sa fille Françoise-Marguerite, future Mme de Grignan, voit le jour. En 1648, elle donne naissance à un fils, Charles. Son époux, fervent partisan des duels, la laissera veuve en 1651, alors qu'elle n'a que vingt-cinq ans. D'une grande beauté et d'un esprit brillant, elle sera courtisée par les personnalités les plus importantes de l'époque, mais choisira de rester veuve jusqu'à sa mort, consacrant toute son attention à ses enfants, en particulier à sa fille, et à ses petits-enfants.

Les lettres : aujourd'hui lue comme l'un des plus grands écrivains du XVIIe siècle, la marquise de Sévigné n'a pourtant pas conçu une œuvre « littéraire » ; elle a simplement passé sa vie à écrire à de nombreux correspondants, dans un style qui reste aujourd'hui comme un modèle du genre épistolaire.

Mort : chez sa fille, à Grignan en Provence, en avril 1696.

Pour ou contre Madame de Sévigné ?

Pour

SAINT-SIMON :

« Cette femme, par son aisance, ses grâces naturelles, la douceur de son esprit, en donnait par sa conversation à qui n'en avait, extrêmement bonne d'ailleurs, et savait extrêmement en toutes choses, sans vouloir jamais paraître savoir rien. »

Mémoires, 1856.

Wladimir d'ORMESSON :

« Elle avait aussi le culte de l'amitié. Elle aime non seulement sa fille, mais ses cousins, ses amis. Elle aime son prochain. Elle ne cesse de s'intéresser aux autres, de participer à ce qui leur arrive d'heureux ou de malheureux. »

Introduction à l'ouvrage de A. Chaffanjon, *La Marquise de Sévigné et sa descendance*, 1962.

Contre

BUSSY-RABUTIN :

La plus grande marque d'esprit qu'on lui peut donner, c'est d'avoir de l'admiration pour elle […]. Elle aime généralement tous les hommes ; quelque âge, quelque naissance et quelque mérite qu'ils aient, et de quelque profession qu'ils soient ; tout lui est bon. »

Histoire amoureuse des Gaules, 1666.

Repères chronologiques

Vie et œuvre de Madame de Sévigné	Événements politiques et culturels
1626 Naissance à Paris, le 5 février, de Marie de Rabutin-Chantal.	**1626** Édit sur les duels.
1633 Mort de sa mère. L'orpheline est recueillie par ses grands-parents maternels.	**1633** Galilée est forcé par l'Inquisition à abjurer ses théories.
1636 Ses grands-parents maternels décédés, l'enfant est confiée à son oncle Philippe de Coulanges.	**1637** Corneille publie *Le Cid* ; Descartes le *Discours de la méthode*.
1644 Marie de Rabutin épouse le marquis de Sévigné.	**1640** Publication posthume de l'*Augustinus* par Jansénius, père du jansénisme.
1646 Naissance de Françoise-Marguerite, future Mme de Grignan.	**1643** Mort de Louis XIII. Louis XIV a cinq ans ; sa mère Anne d'Autriche assure la régence avec Mazarin.
1648 Naissance de Charles.	**1648** Le monastère de Port-Royal est transféré aux Champs. Début de la Fronde parlementaire.
1651 Le marquis de Sévigné est tué en duel.	**1651** Alliance du parlement de Paris et des princes. Exil de Mazarin (février). Libération de Condé. Ralliement de Turenne à la cause royale.
1664 Lettres à Pomponne sur le procès de Fouquet.	
1669 Sa fille épouse le comte de Grignan.	
1670 Naissance de Marie-Blanche de Grignan.	**1653** Fouquet devient surintendant des Finances. Fin de la Fronde.
1671 Sa fille part pour la Provence, tandis que Mme de Sévigné retourne aux Rochers. Naissance de Louis-Provence de Grignan. Début d'une très longue correspondance entre les deux femmes.	**1664** Condamnation de Fouquet après un procès de près de quatre ans.
	1670 Mort de Madame.
	1672 Déclaration de guerre à la Hollande. Passage du Rhin.

Repères chronologiques

Vie et œuvre de Madame de Sévigné

1672-1673
Mme de Sévigné rejoint sa fille à Grignan.

1674
Venue de Mme de Grignan à Paris. Naissance de sa deuxième fille Pauline.

1677
Voyage à Vichy et installation à l'hôtel Carnavalet.

1684
Mariage de Charles de Sévigné. Un mois en Bretagne.

1688
Après huit ans passés à Paris, départ pour un nouveau séjour à Grignan.

1693
Mort de Bussy-Rabutin, son cousin, et de son amie Mme de La Fayette.

1694
La marquise s'installe définitivement à Grignan.

1696
Mort, le 17 avril, de Mme de Sévigné.

Événements politiques et culturels

1678
Mme de La Fayette, *La Princesse de Clèves*.

1684
Mort de Corneille.
Bourdaloue prononce son oraison funèbre d'Henri de Bourbon.

1685
Édit de Fontainebleau révoquant l'Édit de Nantes.

1687
Début de la querelle des Anciens et des Modernes.

1689
Première représentation d'*Esther* de Racine.

1694
La Fontaine publie ses *Fables* (Livre XII) ; première édition du *Dictionnaire de l'Académie*.

1696
Publication posthume des *Mémoires* de Bussy-Rabutin.

Fiche d'identité de l'œuvre

Lettres

Auteur : la marquise de Sévigné, de 1655 pour les premières lettres retrouvées, à sa mort en 1696.

Genre : épistolaire.

Forme : correspondance réelle, parfois intime, de la marquise avec différentes personnalités de son époque, avec sa fille surtout. Mille cent cinquante-cinq lettres écrites par la marquise sont arrivées jusqu'à nous par le biais de copies ; la très grande majorité de ces lettres est adressée à sa fille Françoise-Marguerite, Mme de Grignan, alors que celle-ci est partie vivre en Provence pour rejoindre son mari.

Principaux personnages : les correspondants réguliers de la marquise nous permettent d'embrasser tout le siècle politique et intellectuel en un regard : le marquis de Pomponne, un proche de Fouquet, à qui la marquise rendra compte du procès du surintendant des Finances, Ménage et Chapelain, deux grandes figures intellectuelles de l'époque, qui vont parfaire l'éducation de la jeune veuve, Mme de La Fayette, sa grande amie, qui rédigea sous couvert d'anonymat *La Princesse de Clèves* et *La Princesse de Montpensier*, et bien sûr sa fille, sa passion, à qui elle adressa une somme considérable de lettres.

Sujet : les lettres de Mme de Sévigné sont un témoignage vivant de la vie politique, culturelle et quotidienne à Paris au temps de Louis XIV ; en effet, l'épistolière commente aussi bien les disgrâces des hommes et femmes de son temps (Fouquet, Pomponne, la Brinvilliers, la Voisin…) que les événements plus mondains ou culturels (le mariage de Lauzun, une représentation d'*Esther*, la mort de Turenne, de Condé, de Louvois, etc.). Mais ces lettres sont aussi le témoignage sans cesse renouvelé des preuves d'amour d'une mère à sa fille, véritable passion que l'on pouvait alors considérer comme « irrégulière », c'est-à-dire démesurée.

Pour ou contre Lettres ?

Pour

Mlle de SCUDÉRY :

« J'oubliais à vous dire qu'elle écrit comme elle parle, c'est-à-dire le plus agréablement et le plus galamment possible. »
Clélie, 1654.

Gustave LANSON :

« Sa qualité essentielle et dominante, c'est l'imagination ; et ce qui fait de ses *Lettres* une chose unique, c'est cela : une imagination puissante. »
Histoire de la littérature française, 1894.

Contre

VOLTAIRE :

« C'est dommage qu'elle manque absolument de goût. »
Le Siècle de Louis XIV, 1751.

SAINTE-BEUVE :

« Il est une seule circonstance où l'on ne peut s'empêcher de regretter que Mme de Sévigné se soit abandonnée à ses habitudes moqueuses et légères ; où l'on se refuse absolument à entrer dans son badinage, et où, après en avoir recherché toutes les raisons atténuantes, on a peine encore à le lui pardonner : c'est lorsqu'elle raconte si gaiement à sa fille la révolte des paysans bas-bretons et les horribles sévérités qui la répriment. »
Portraits de femmes, 1845.

Pour mieux lire l'œuvre

✣ Au temps de la marquise de Sévigné

La marquise en son temps

La marquise de Sévigné est née à Paris en 1626. Elle fut orpheline de bonne heure, son père, le baron de Chantal, ayant été tué dans l'île de Ré lors d'un combat contre les Anglais, et sa mère, Marie de Coulanges, étant morte en 1633. Elle fut alors élevée par son oncle, Christophe de Coulanges, qui lui donna une éducation particulièrement soignée : elle apprit l'italien, l'espagnol et un peu de latin. À 16 ans elle fut présentée à la cour d'Anne d'Autriche, et à 18 ans, elle épousa le marquis de Sévigné, un parent du futur cardinal de Retz. Son mari, qui était léger et affectionnait les duels, la délaissa rapidement et la ruina. Il fut tué lors d'un duel, en 1651, la laissant veuve à 25 ans avec deux enfants, une fille, Françoise-Marguerite, et un fils, Charles. Sa fille épousa en 1668 le comte de Grignan, lieutenant général en Languedoc puis en Provence, où elle le rejoint dès 1671. Ce fut là le début de la partie la plus importante de la correspondance de la marquise avec sa fille adorée.

Les *Lettres* nous révèlent de façon intime le caractère de la marquise : elle était gaie, généreuse, aimait les divertissements et la lecture, était fidèle en amitié et entièrement dévouée à ses enfants et petits-enfants. Le mot *charme* vient toujours sous la plume de ceux qui parlent de Mme de Sévigné, et ses lettres sont, comme elle, spirituelles, aimables, mondaines, mais avec quelque chose de solide, un fond de tendresse, de sympathie et de bonté.

Les *Lettres* de la marquise

Les lettres de la marquise, qui sont parvenues jusqu'à nous dans une version plus ou moins fidèle aux originales, touchent à tous les sujets, et relatent sa vie sous tous ses aspects.

La vie de Mme de Sévigné c'est d'abord, en l'absence de sa fille, un désir passionné d'être près d'elle, une tendresse qui s'exprime parfois de façon excessive. On serait même parfois tenté de penser

Pour mieux lire l'œuvre

à une exagération du sentiment, si l'on ne connaissait la sincérité de l'écrivain. Mais c'est aussi la vie d'une grande dame, étroitement mêlée à l'aristocratie de l'époque. Ce qui explique que l'on trouve dans ses *Lettres* tant de faits divers et de récits mondains. Cette société cultivée à laquelle appartenait la marquise s'intéressait en effet à la littérature, aux arts, aux controverses religieuses ou philosophiques. C'était aussi une société de moralistes – n'oublions pas que La Rochefoucauld fut parmi ses amis les plus proches – et il n'est donc pas étonnant de trouver dans cette correspondance tant d'anecdotes et de détails parfois piquants sur les manifestations de la vie intellectuelle de l'époque.

Il faut donc lire cette correspondance dans une perspective historique ; on comprend mieux alors ces passages où les grands événements du temps trouvent un écho, par exemple le procès du surintendant Fouquet, l'affaire des Poisons, les guerres, la mort de Turenne, parmi d'autres événements que nous apprenons à mieux connaître en découvrant l'impression qu'ils ont laissé dans l'esprit de Mme de Sévigné et de son entourage.

Les correspondants de Mme de Sévigné

La plupart des lettres sont adressées à Mme de Grignan, sa fille. De 1671, date de la première séparation, à 1694, date de la venue définitive de la marquise à Grignan, les courriers ne cessèrent pas d'emporter en Provence des lettres débordantes d'affection, pleine de tendresse, dans lesquelles la mère cherchait un apaisement et une joie. Nous ne possédons malheureusement plus les lettres de Mme de Grignan à sa mère, et nous ne pouvons, à l'instar de cet écrivain contemporain, qu'imaginer les réponses faites par la fille tant aimée.

Mais sa fille n'était pas, de loin, son unique correspondante. De nombreuses lettres ont été adressées à son cousin Bussy-Rabutin. Né en 1618 et mort en 1693, Bussy-Rabutin fut maître de camp général de la cavalerie légère de France. Mais il fut surtout connu de son vivant pour avoir écrit la très spirituelle *Histoire amoureuse des Gaules*, publiée en 1665, qui lui valut d'être emprisonné à la Bastille, et de le

Pour mieux lire l'œuvre

brouiller davantage encore avec sa cousine avec qui il était déjà en mauvais termes à cause d'une histoire d'argent. En effet, il fait d'elle, dans ce roman, un portrait pour le moins dévalorisant ; cependant, la marquise eut pitié de son cousin embastillé puis exilé dans ses terres, leur correspondance reprit et leur relation demeura alors très amicale. Un certain nombre de lettres sont adressées à la famille Coulanges : à Christophe, abbé de Livry, son oncle, à Charles, le frère de Christophe, à Philippe-Emmanuel, son cousin maternel, souvent appelé « le petit Coulanges », ou encore à Marie-Angélique du Gué, la femme de Philippe-Emmanuel.

Parmi les correspondants, nous trouvons encore Simon Arnauld de Pomponne ; ami de Fouquet, disgracié, exilé lui aussi dans ses terres, il fut tenu au courant jour par jour des incidents du procès de ce dernier. Ces lettres sont une chronique vivante, enrichie de croquis ingénieux, de dialogues rapides, d'observations perspicaces. Mme de Sévigné se prononce en faveur du surintendant, et contre la justice du roi. Au fur et à mesure qu'approche le jour du verdict, on la sent d'ailleurs de plus en plus nerveuse, et peu confiante dans l'issue du procès.

Il faudrait encore citer, parmi les correspondants de la marquise, le comte et la comtesse de Guitaut, Mme de La Fayette, l'intellectuel Ménage, et d'autres encore... Tous ces destinataires appartiennent à la noblesse d'épée ou de robe, mais ils se distinguent les uns des autres par leurs idées, leur culture, leur fortune. Et Mme de Sévigné, sans la moindre difficulté, sait toujours adapter son style au contenu de ses lettres et à la condition de ses correspondants.

L'essentiel

La marquise de Sévigné a écrit un grand nombre de lettres, à différents correspondants, mais surtout à sa fille, Mme de Grignan, lorsque celle-ci part vivre en Provence. Elle lui exprime son amour passionné, tout en lui faisant partager les événements de la vie à Paris et à la cour, faisant de cette correspondance, au style inimitable, un témoignage essentiel sur le XVIIe siècle.

Pour mieux lire l'œuvre

✣ L'œuvre aujourd'hui

Le style des lettres

L'une des raisons qui expliquent le succès toujours actuel des *Lettres* de la marquise tient non seulement à leur valeur de témoignage vivant et sincère d'une époque faste de la France, mais aussi à l'incroyable vivacité du style de l'écrivain. La marquise n'a jamais voulu « faire du style », et sa phrase semble suivre tout simplement le rythme de sa pensée ; tout dans son écriture respire la liberté et la spontanéité, ce qui explique que l'on puisse passer d'une remarque grivoise sur les rapports amoureux de son fils avec une courtisane, à un passage de réflexion profonde sur la destinée humaine et la providence divine.

En effet, ce qu'il y a de remarquable chez Mme de Sévigné, et qui confère à sa correspondance une partie de son originalité, c'est que chaque événement, important ou futile, triste ou amusant, peut devenir pour elle source de réflexions. Mais elle ne se montre jamais pédante, et si ses idées l'entraînent un peu trop loin, elle s'arrête et passe à autre chose !

Ses lettres sont donc riches et mouvantes comme la vie. La même lettre, bien souvent, à côté d'événements importants, relate de menus incidents, des anecdotes, des commérages, et le ton varie d'un paragraphe à l'autre, tour à tour grave ou léger, ému ou joyeux.

Un témoignage sur l'organisation de la poste et le rôle de la correspondance

La lecture de la correspondance de la marquise avec sa fille permet aussi de mieux comprendre, aujourd'hui, comment fonctionnait la poste, et quel rôle essentiel l'échange épistolaire jouait à l'époque.

Les courriers (on les appelait alors les *ordinaires*) partaient à date fixe de Paris pour la province. Ils mettaient, si tout allait bien, cinq jours pour aller en Provence, dix pour apporter une lettre de Provence aux Rochers, en Bretagne. Il y avait aussi parfois des

Pour mieux lire l'œuvre

extraordinaires. Mme de Sévigné, à Paris, donnait ses lettres les mercredis et les vendredis : elle recevait celles de sa fille les lundis et les vendredis. On prenait donc le temps de méditer une lettre, de réfléchir à ce que l'on allait écrire, et de s'impatienter de ce que l'on allait recevoir. Plus étonnant pour des lecteurs actuels, quand on recevait une lettre, à condition bien sûr qu'elle ne contienne pas de confidences trop personnelles ou d'allusions politiquement dangereuses, on ne se montrait pas avare de son bonheur, et l'on faisait volontiers lire la dépêche à des amis, à de la famille proche. Et même, il arrivait que l'on rédige une lettre chez des amis, qui participaient parfois à la rédaction en rajoutant un petit mot.

Personne n'ignorait cependant que cette correspondance était surveillée, voire censurée par le pouvoir. Lorsqu'on voulait faire une critique un peu trop vive, on exerçait donc la perspicacité de son correspondant par de petits jeux d'énigmes, de sous-entendus ou d'allusions. Les *Lettres* de la marquise en contiennent souvent, ce qui leur donne parfois une tournure un peu mystérieuse !

Toutes ces lettres apportaient dans les provinces un peu de l'air de Paris, voire de la cour du roi. Les journaux étaient encore rares ; *la Gazette de France* paraissait toutes les semaines, *Le Mercure galant* tous les mois. C'était une véritable aubaine de connaître, grâce à des témoins oculaires, des scènes vécues par les privilégiés du Louvre, de Saint-Germain ou de Versailles ! On se tenait ainsi au courant des modes aussi bien que de la politique, du théâtre ou des dernières parutions littéraires. Aujourd'hui, la presse quotidienne, les magazines, et Internet bien sûr, apportent régulièrement et très vite ce que la correspondance d'alors livrait avec plus de retard et de discrétion.

La publication des lettres

Au XVIIe siècle, la lettre, réelle ou fictive, était considérée comme une œuvre littéraire, et les épistoliers gardaient souvent une copie de leur correspondance ; ou, s'ils ne le faisaient pas eux-mêmes (ce qui était le cas de la marquise), leurs destinataires veillaient à

Pour mieux lire l'œuvre

la conservation de leurs missives. Mme de Sévigné, qui n'avait pas l'intention d'éditer ses lettres, n'en avait pas pris copie, mais son cousin Bussy-Rabutin, sa fille Mme de Grignan et quelques autres de ses correspondants les ont précieusement gardées (même si, suite à des négligences ou à des circonstances diverses, une partie des lettres a été perdue).

Ce sont les enfants de Bussy-Rabutin et de Mme de Grignan, l'abbé Celse de Bussy et Mme de Simiane, qui ont pris l'initiative de publier la correspondance de la marquise. Le chemin parcouru par les lettres originales ou par leur transcription est épique ! Mme de Simiane a d'abord voulu supprimer de ces lettres tout ce qui pouvait heurter la bienséance et le bon goût, ou porter ombrage à la réputation d'autrui. Puis elle a demandé à ce que les originaux soient brûlés (ce qui sera fait en 1784 par son gendre, selon les volontés de sa belle-mère mourante, qui avait elle-même brûlé les lettres de sa mère, Mme de Grignan). Cependant, d'autres copies circulent, et le chevalier Perrin va rétablir le texte censuré une première fois ; mais, par souci de style, il corrige à tout va les tournures de phrases qui lui paraissent incorrectes ! Il faudra attendre le XIXe siècle pour que soit découverte, en 1820, la copie non censurée d'un grand nombre de lettres adressées à Mme de Grignan. Mais c'est finalement en 1872 que le hasard, une fois encore, permit de découvrir la copie intégrale des lettres établie par la petite-fille de la marquise de Sévigné. C'est cette copie qui permet de soumettre aux lecteurs d'aujourd'hui une version aussi authentique que possible de ce qu'était le « style » de Mme de Sévigné.

✎ L'essentiel

Les lettres de la marquise de Sévigné témoignent, dans un style vivant et spontané, de l'importance que jouaient à l'époque les lettres ; elles permettaient aux habitants de province de rester au courant des petits événements ou des affaires plus importantes qui secouaient Paris et la cour. Mais ce témoignage a bien failli être perdu à jamais !

M.ᵐᵉ DE SÉVIGNÉ,
Née en 1626, Morte en 1696.

D'après un Portrait à l'huile, par Mignard, et une Miniature sur vélin, du Cabinet de l'Éditeur.

Lettres

Madame de Sévigné

Lettres de Madame de Sévigné

Le mariage de Lauzun[1]

De Mme de Sévigné à M. de Coulanges[2].

À Paris, lundi 15 décembre 1670.

Je m'en vais vous mander la chose la plus étonnante, la plus surprenante, la plus merveilleuse, la plus miraculeuse, la plus triomphante, la plus étourdissante, la plus inouïe, la plus singulière, la plus extraordinaire, la plus incroyable, la plus imprévue, la plus grande, la plus petite, la plus rare, la plus commune, la plus éclatante, la plus secrète jusqu'à aujourd'hui, la plus brillante, la plus digne d'envie ; enfin une chose dont on ne trouve qu'un exemple dans les siècles passés[3] : encore cet exemple n'est-il pas juste ; une chose que nous ne saurions croire à Paris, comment la pourrait-on croire à Lyon[4] ? une chose qui fait crier miséricorde à tout le monde ; une chose qui comble de joie Mme de Rohan et Mme d'Hauterive[5] ; une chose enfin qui se fera dimanche, où ceux qui la verront croiront avoir la berlue ; une chose qui se fera dimanche, et qui ne sera peut-être pas faite lundi[6]. Je ne puis me résoudre à la dire, devinez-la, je vous le donne en trois ;

---

1. **Lauzun** : Antonin de Caumont (1633-1723), comte, puis duc de Lauzun, cadet de Gascogne, fit à la cour une carrière brillante. Il était connu pour sa vie aventureuse.
2. Philippe-Emmanuel de Coulanges (1633-1716), cousin germain de Mme de Sévigné, était le fils des tuteurs de la marquise après la mort de ses parents.
3. Mme de Sévigné fait peut-être ici référence à Marie d'Angleterre, veuve de Louis XII, qui se remaria avec un « simple » duc, le duc de Suffolk.
4. **Lyon** : M. de Coulanges et sa femme étaient à Lyon, chez les parents de cette dernière.
5. **Mme de Rohan et Mme d'Hauterive** : il s'agit de deux personnalités connues pour avoir épousé des gentilshommes d'une classe sociale inférieure à la leur.
6. **Pas faite lundi** : Mme de Sévigné n'a jamais cru à la réalisation de ce mariage entre Lauzun et Mademoiselle.

Le mariage de Lauzun

jetez-vous votre langue aux chiens[1] ? Eh bien ! il faut donc vous la dire : M. de Lauzun épouse dimanche au Louvre[2], devinez qui ? Je vous le donne en quatre, je vous le donne en dix, je vous le donne en cent[3]. Mme de Coulanges dit : « Voilà qui est bien difficile à deviner ! c'est Mme de la Vallière[4]. » – Point du tout, madame. – C'est donc Mlle de Retz ? – Point du tout ; vous êtes bien provinciale. – Ah ! vraiment, nous sommes bien bêtes, dites-vous : c'est Mlle Colbert. – Encore moins. – C'est assurément Mlle de Créqui. – Vous n'y êtes pas. Il faut donc à la fin vous le dire : il épouse, dimanche, au Louvre, avec la permission du roi, mademoiselle de... mademoiselle..., devinez le nom ; il épouse Mademoiselle[5], ma foi ! par ma foi ! ma foi jurée ! Mademoiselle, la Grande Mademoiselle, Mademoiselle, fille de feu Monsieur[6], Mademoiselle, petite-fille d'Henri IV, Mlle d'Eu, Mlle de Dombes, Mlle de Montpensier, Mlle d'Orléans, Mademoiselle, cousine germaine du roi ; Mademoiselle, destinée au trône ; Mademoiselle, le seul parti de France qui fût digne de Monsieur[7]. » Voilà un beau sujet de discourir. Si vous criez, si vous êtes hors de vous-mêmes, si vous dites que nous avons menti, que cela est faux, qu'on se moque de vous, que voilà une belle raillerie, que cela est bien

---

1. **Jetez-vous votre langue aux chiens ?** : on dirait aujourd'hui « donnez-vous votre langue au chat ? »
2. **Louvre** : résidence du roi et de sa cour avant que Louis XIV ne transporte sa cour à Versailles.
3. **Je vous le donne en cent** : on dirait aujourd'hui « je vous le donne en mille », expression qui signifie « vous n'avez pas une chance sur mille de deviner la réponse ».
4. **Madame de la Vallière (et les suivantes !)** : Mme de Sévigné énumère dans sa lettre les plus beaux « partis » (personnes à marier) d'alors : Louise de La Vallière, une ancienne favorite du roi ; Mlle de Retz, la nièce du cardinal de Retz ; Mlle Colbert, la deuxième fille du ministre ; Mlle de Créquy, la fille unique et l'héritière du duc de Créquy.
5. **Mademoiselle** : avec une majuscule, Mademoiselle renvoie à la fille de Gaston d'Orléans, frère de Louis XIII, aussi connue sous le nom de Mlle de Montpensier ; elle obtient le titre de « Grande Mademoiselle » qui la distingue de Marie-Louise, la fille de Philippe d'Orléans, frère de Louis XIV.
6. **Monsieur** : avec une majuscule, Monsieur désigne le frère du roi. « Feu Monsieur » est le frère décédé du roi Louis XIII, Gaston d'Orléans.
7. **Monsieur** : il s'agit ici de Philippe d'Orléans, le frère de Louis XIV.

Lettres de Madame de Sévigné

fade[1] à imaginer ; si enfin vous nous dites des injures, nous trouverons que vous avez raison ; nous en avons fait autant que vous.

Adieu ; les lettres qui seront portées par cet ordinaire[2] vous feront voir si nous disons vrai ou non.

De Mme de Sévigné à M. de Coulanges.

À Paris, vendredi 19 décembre 1670.

Ce qui s'appelle tomber du haut des nues[3], c'est ce qui arriva hier au soir aux Tuileries ; mais il faut reprendre les choses de plus loin. Vous en êtes à la joie, aux transports, aux ravissements de la princesse et de son bienheureux amant. Ce fut donc lundi que la chose fut déclarée, comme je vous l'ai mandé. Le mardi se passa à parler, à s'étonner, à complimenter ; le mercredi, Mademoiselle fit une donation à M. de Lauzun, avec dessein[4] de lui donner les titres, les noms et les ornements nécessaires pour être nommé dans le contrat de mariage qui fut fait le même jour. Elle lui donna donc, en attendant mieux, quatre duchés : le premier, c'est le comté d'Eu, qui est la première pairie de France et qui donne le premier rang ; le duché de Montpensier, dont il porta hier le nom toute la journée ; le duché de Saint-Fargeau, le duché de Châtellerault : tout cela estimé vingt-deux millions. Le contrat fut dressé ensuite, où il prit le nom de Montpensier. Le jeudi matin, qui était hier, Mademoiselle espéra que le roi signerait le contrat, comme il l'avait dit ; mais, sur les sept heures du soir, la reine, Monsieur et plusieurs barbons[5] firent entendre à Sa Majesté que cette affaire faisait tort à sa réputation ; en sorte qu'après avoir fait venir Mademoiselle et M. de Lauzun, le roi leur déclara, devant

---

1. **Fade** : sans esprit, sans imagination.
2. **Ordinaire** : le courrier ordinaire, acheminé par la poste, se distingue des lettres ou des courriers privés ou officiels.
3. **Tomber du haut des nues** : on utilise toujours l'expression « tomber des nues », qui signifie « tomber des nuages, tomber du ciel » : être très surpris.
4. **Dessein** : projet.
5. **Barbon** : homme âgé, supposément sage.

Le mariage de Lauzun

M. le Prince[1], qu'il leur défendait absolument de songer à ce mariage. M. de Lauzun reçut cet ordre avec tout le respect, toute la soumission, toute la fermeté et tout le désespoir que méritait une si grande chute. Pour Mademoiselle, suivant son humeur, elle éclata en pleurs, en cris, en douleurs violentes, en plaintes excessives ; et tout le jour elle a gardé son lit, sans rien avaler que des bouillons. Voilà un beau songe, voilà un beau sujet de roman ou de tragédie, mais surtout un beau sujet de raisonner et de parler éternellement : c'est ce que nous faisons jour et nuit, soir et matin, sans fin, sans cesse ; nous espérons que vous en ferez autant : *E fra tanto vi bacio le mani*[2].

De Mme de Sévigné à M. de Coulanges.

À Paris, mercredi 31 décembre 1670.

J'ai reçu vos réponses à mes lettres. Je comprends l'étonnement où vous avez été de tout ce qui s'est passé depuis le 15 jusqu'au 20 de ce mois : le sujet le méritait bien. J'admire aussi votre bon esprit, et combien vous avez jugé droit[3], en croyant que cette grande machine ne pourrait pas aller depuis le lundi jusqu'au dimanche. La modestie m'empêche de vous louer à bride abattue là-dessus, parce que j'ai dit et pensé toutes les mêmes choses que vous. Je dis à ma fille le lundi : « Jamais ceci n'ira à bon port jusqu'à dimanche » ; et je voulus parier, quoique tout respirât la noce, qu'elle ne s'achèverait point. En effet, le jeudi le temps se brouilla, et la nuée[4] creva le soir à dix heures, comme je vous l'ai mandé. Ce même jeudi, j'allai dès neuf heures du matin chez Mademoiselle, ayant eu avis qu'elle allait se marier à la campagne, et que le coadjuteur[5] de Reims faisait la cérémonie ; cela était ainsi

---

1. **M. le Prince** : Louis II de Bourbon, prince de Condé, vainqueur de Rocroi et gouverneur de Bourgogne.
2. *E fra tanto vi bacio le mani* : et là-dessus je vous baise humblement les mains.
3. **Vous avez jugé droit** : vous avez bien jugé.
4. **La nuée** : les nuages.
5. **Coadjuteur** : évêque adjoint à un autre évêque pour l'aider, avec ou sans future succession.

Lettres de Madame de Sévigné

résolu le mercredi au soir ; car, pour le Louvre[1], cela fut changé dès le mardi. Mademoiselle écrivait ; elle me fit entrer, elle acheva sa lettre ; et puis, comme elle était au lit, elle me fit mettre à genoux dans sa ruelle[2] ; elle me dit à qui elle écrivait, et pourquoi, et les beaux présents qu'elle avait faits la veille, et le nom qu'elle avait donné[3] ; qu'il n'y avait point de parti pour elle en Europe, et qu'elle voulait se marier. Elle me conta une conversation mot à mot qu'elle avait eue avec le roi ; elle me parut transportée de la joie de faire un homme bien heureux ; elle me parla avec tendresse du mérite et de la reconnaissance de M. de Lauzun ; et sur tout cela je lui dis : « Mon Dieu, Mademoiselle, vous voilà bien contente ; mais que n'avez-vous donc fini promptement cette affaire dès lundi ? Savez-vous bien qu'un si grand retardement donne le temps à tout le royaume de parler, et que c'est tenter Dieu et le roi que de vouloir conduire si loin une affaire si extraordinaire ? » Elle me dit que j'avais raison ; mais elle était si pleine de confiance, que ce discours ne lui fit alors qu'une légère impression. Elle retourna[4] sur les bonnes qualités et sur la bonne maison de Lauzun. Je lui dis ces vers de Sévère dans *Polyeucte* :

« Du moins ne la peut-on blâmer d'un mauvais choix :
Polyeucte a du nom, et sort du sang des rois[5]. »

Elle m'embrassa fort. Cette conversation dura une heure ; il est impossible de la redire toute : mais j'avais été assurément fort agréable durant ce temps, et je le puis dire sans vanité, car elle était aise de parler à quelqu'un ; son cœur était trop plein. À dix heures, elle se donna au reste de la France, qui venait lui faire sur cela son compliment. Elle attendit tout le matin des nouvelles, et n'en eut point. L'après-dînée, elle s'amusa à faire ajuster elle-même l'appartement de M. de Montpensier. Le soir, vous savez

---

1. **Le Louvre** : le mariage devait être célébré au Louvre.
2. **Sa ruelle** : espace autour du lit, où se plaçaient les visiteurs.
3. **Le nom qu'elle avait donné** : le nom de Montpensier. Voir lettre précédente.
4. **Retourna** : revint.
5. « **Sort du sang des rois** » : Lauzun se prétendait issu des rois d'Écosse. Les vers de *Polyeucte* : « Je ne la puis du moins blâmer d'un mauvais choix, / Polyeucte a du nom, et sort du sang des rois. » ont été modifiés.

Le mariage de Lauzun

ce qui arriva. Le lendemain, qui était vendredi, j'allai chez elle ; je la trouvai dans son lit ; elle redoubla ses cris en me voyant ; elle m'appela, m'embrassa, me mouilla toute de ses larmes. Elle me dit : « Hélas ! vous souvient-il de ce que vous me dîtes hier ? Ah ! quelle cruelle prudence ! ah ! la prudence ! » Elle me fit pleurer à force de pleurer. J'y suis encore retournée deux fois ; elle est fort affligée, et m'a toujours traitée comme une personne qui sentait ses douleurs ; elle ne s'est pas trompée. J'ai retrouvé, dans cette occasion, des sentiments qu'on n'a guère pour des personnes d'un tel rang. Ceci entre nous deux et Mme de Coulanges ; car vous jugez bien que cette causerie serait entièrement ridicule avec d'autres. Adieu.

Mademoiselle de Montpensier.

Clefs d'analyse — Le mariage de Lauzun

Action et personnages

1. À qui ces lettres sont-elles adressées ? Quels pronoms le désignent ?
2. Lettre du 15 décembre 1670 : quel est l'événement annoncé dans cette lettre ? En quoi est-il extraordinaire ?
3. Pour rendre son récit plus vivant, la marquise imagine un petit dialogue. Précisez où il commence et où il se termine. Qui prend la parole ?
4. Grâce à quels détails savons-nous que nous sommes dans un milieu mondain de la bonne société de l'époque ?
5. Repérez les titres de la Grande Mademoiselle. Quel est l'effet produit par cette accumulation ?
6. À quel moment le destinataire apprend-il enfin la nouvelle qui fait l'objet de cette lettre ? Grâce à quel détail ?
7. Lettre du 19 décembre 1670 : combien de temps s'est-il écoulé entre les deux missives ? Quel est l'objet de ce deuxième courrier ?
8. Lettre du 31 décembre 1670 : de qui est-il principalement question dans cette lettre ? Qu'apprenons-nous sur les « entrées » de la marquise à la cour du roi ?
9. En relisant les trois courriers, résumez, au jour le jour, les différentes étapes de cette affaire que devait être le mariage entre Lauzun et la Grande Mademoiselle.

Langue

10. Quelle est l'étymologie du mot « feu » dans l'expression « feu Monsieur » ?
11. Lettre du 15 décembre 1670, du début à « peut-être pas faite lundi » : combien de phrases contient ce début de lettre ? Comment s'appelle la figure de style principale de ces lignes ?
12. Relevez les adjectifs qualificatifs qui caractérisent la « chose » (l. 1). À quel degré sont-ils ?
13. Dans quel ordre ces adjectifs sont-ils présentés ? Justifiez votre réponse.

Clefs d'analyse

Le mariage de Lauzun

14. Lettre du 19 décembre 1670 : « tout le respect, toute la soumission, toute la fermeté et tout le désespoir que méritait une si grande chute » : expliquez l'effet produit par la mise en rapport des quatre substantifs.

Genre ou thèmes

15. En quoi cette lettre remplit-elle les mêmes fonctions que certains de nos journaux actuels ?
16. Expliquez ce qu'est une lettre-gazette, et dites de quelles qualités son rédacteur doit faire preuve pour intéresser son lecteur.
17. Quels sont les différents procédés utilisés ici par la marquise pour entretenir la curiosité de son cousin ?

Écriture

18. Rédigez, à l'attention de l'un(e) de vos camarades, une lettre annonçant un événement futile (mais réel) faisant l'actualité. Vous devrez respecter les codes de la lettre et utiliser les mêmes procédés que la marquise pour retarder l'annonce de la nouvelle.

Pour aller plus loin

19. Lisez, comme ce fut sans doute le cas à l'époque, cette lettre à voix haute en essayant d'en rendre l'humour et la vivacité.

✽ À retenir

À l'époque de la marquise de Sévigné, les journaux n'existent pas encore ; ainsi, c'est en général grâce aux lettres que l'on prenait connaissance de la vie de la capitale et de la cour. Les lettres de la marquise, dont beaucoup sont proches de la chronique, étaient non seulement lues par leur destinataire principal, mais aussi par un cercle restreint d'amis et de connaissances.

Lettres de Madame de Sévigné

Après le départ de Mme de Grignan

Le 20 janvier 1669, la fille de Mme de Sévigné, Françoise-Marguerite, épouse M. de Grignan, qui fut peu après nommé lieutenant général de Provence. Mme de Grignan, après avoir donné naissance à sa première fille à Paris, partit rejoindre son mari le 5 février 1671.

À partir de cette date, la marquise adressera des centaines de lettres à sa fille bien-aimée, dans lesquelles elle lui raconte, au jour le jour, les faits divers et mondains de la cour, de Paris ou de Bretagne, où elle possède une propriété.

De Mme de Sévigné à Mme de Grignan.

À Paris, vendredi 6 février 1671.

Ma douleur serait bien médiocre si je pouvais vous la dépeindre ; je ne l'entreprendrai pas aussi[1]. J'ai beau chercher ma chère fille, je ne la trouve plus ; et tous les pas qu'elle fait l'éloignent de moi. Je m'en allai donc à Sainte-Marie[2] toujours pleurant et toujours mourant : il me semblait qu'on m'arrachait le cœur et l'âme ; et en effet, quelle rude séparation ! Je demandai la liberté d'être seule ; on me mena dans la chambre de Mme du Housset, on me fit du feu ; Agnès me regardait sans me parler ; c'était notre marché ; j'y passai jusqu'à cinq heures sans cesser de sangloter ; toutes mes pensées me faisaient mourir. J'écrivis à M. de Grignan, vous pouvez penser sur quel ton ; j'allai ensuite chez Mme de La Fayette[3], qui redoubla mes douleurs par l'intérêt qu'elle y prit : elle était seule, et malade et triste de la mort d'une sœur religieuse, elle

---

1. **Je ne l'entreprendrai pas aussi** : c'est pourquoi je n'essaierai pas de vous la dépeindre.
2. **Sainte-Marie** : le couvent de la Visitation, faubourg Saint-Jacques, où s'était déjà rendu le chancelier Séguier.
3. **Mme de La Fayette (1634-1693)** : amie de Mme de Sévigné, auteur de *La Princesse de Clèves*.

Après le départ de Mme de Grignan

était comme je la pouvais désirer. M. de la Rochefoucauld[1] y vint ; on ne parla que de vous, de la raison que j'avais d'être touchée, et du dessein de parler comme il faut à *Merlusine*[2]. Je vous réponds qu'elle sera bien relancée[3]. D'Hacqueville[4] vous rendra un bon compte de cette affaire. Je revins enfin à huit heures de chez Mme de La Fayette ; mais en entrant ici, bon Dieu ! comprenez-vous bien ce que je sentis en montant ce degré[5] ? Cette chambre où j'entrais toujours, hélas ! j'en trouvai les portes ouvertes ; mais je vis tout démeublé, tout dérangé, et votre petite fille[6] qui me représentait la mienne. Comprenez-vous bien tout ce que je souffris ? Les réveils de la nuit ont été noirs, et le matin je n'étais point avancée d'un pas pour le repos de mon esprit. L'après-dînée se passa avec Mme de La Troche à l'Arsenal[7]. Le soir, je reçus votre lettre, qui me remit dans les premiers transports[8] ; et ce soir j'achèverai celle-ci chez M. de Coulanges, où j'apprendrai des nouvelles[9] : car, pour moi, voilà ce que je sais, avec les douleurs de tous ceux que vous avez laissés ici ; toute ma lettre serait pleine de compliments[10], si je voulais.

---

1. **M. de La Rochefoucauld (1613-1680)** : habitué du salon de Mme de La Fayette, ami des deux femmes, il est l'auteur des *Maximes* (1665).
2. *Merlusine :* surnom donné à Mme de Marans, connue pour ses médisances, et qui avait tenu des propos désobligeants sur Mme de Grignan.
3. **Relancée** : réprimandée, grondée.
4. **D'Hacqueville** : abbé conseiller du roi, ami du cardinal de Retz, il était entièrement dévoué à Mme de Sévigné.
5. **Ce degré** : cet escalier.
6. **Votre petite fille** : la fille de Mme de Grignan, encore bébé, a été confiée à sa grand-mère.
7. **Mme de La Troche à l'Arsenal** : Mme de La Troche est une amie de la marquise ; l'Arsenal est un jardin près de la Bastille.
8. **Les premiers transports** : la même émotion que lors du départ de sa fille.
9. **Nouvelles** : nouvelles de Paris ou de la cour du roi.
10. **Compliments** : mots chaleureux adressés par d'autres personnes à Mme de Grignan, paroles louangeuses.

Lettres de Madame de Sévigné

De Mme de Sévigné à Mme de Grignan.

À Paris, mercredi 18 février 1671.

Je vous conjure, ma chère bonne[1], de conserver vos yeux : pour les miens, vous savez qu'ils doivent finir à votre service. Vous comprenez bien, ma belle, que, de la manière dont vous m'écrivez[2], il faut bien que je pleure en lisant vos lettres. Pour comprendre quelque chose de l'état où je suis, joignez, ma bonne, à la tendresse et à l'inclination naturelle que j'ai pour votre personne, la petite circonstance d'être persuadée que vous m'aimez, et jugez de l'excès de mes sentiments. Méchante ! pourquoi me cachez-vous quelquefois de si précieux trésors ? Vous avez peur que je ne meure de joie ; mais ne craignez-vous pas aussi que je ne meure du déplaisir de croire voir le contraire[3] ? Je prends d'Hacqueville à témoin de l'état où il m'a vue autrefois ; mais quittons ces tristes souvenirs[4], et laissez-moi jouir d'un bien sans lequel la vie m'est dure et fâcheuse[5]. Ce ne sont point des paroles, ce sont des vérités. Mme de Guénégaud[6] m'a mandé de quelle manière elle vous a vue pour moi : je vous conjure, ma bonne, d'en conserver le fond[7] ; mais plus de larmes, je vous en conjure : elles ne vous sont pas si saines qu'à moi. Je suis présentement assez raisonnable ; je me soutiens au besoin, et quelquefois je suis quatre ou cinq heures tout comme une autre[8] ; mais peu de chose me remet à mon premier état : un souvenir, un lieu, une parole, une pensée un peu trop arrêtée, vos lettres surtout, les miennes même en les

---

1. **Ma chère bonne** : la marquise s'adresse très souvent à sa fille en utilisant cette expression alors chaleureuse.
2. **De la manière dont vous m'écrivez** : étant donné la manière dont vous m'écrivez.
3. Toute l'introduction de cette lettre permet à Mme de Sévigné de dire à sa fille qu'elle apprécie les marques de tendresse de cette dernière.
4. **Ces tristes souvenirs** : références aux brouilles passées entre les deux femmes.
5. **Fâcheuse** : pleine de chagrins.
6. **Mme de Guénégaud** : voir note 000, p. 000.
7. **D'en conserver le fond** : les idées, les intentions. Mme de Guénégaud a vu Mme de Grignan en Provence, et lui a transmis un message de la part de sa mère.
8. **Je suis quatre ou cinq heures tout comme une autre** : je suis comme les autres, pas plus triste qu'une autre.

Après le départ de Mme de Grignan

écrivant, quelqu'un qui me parle de vous ; voilà des écueils[1] à ma constance, et ces écueils se rencontrent souvent. [...]

Ah ! mon enfant, que je voudrais bien vous voir un peu, vous entendre, vous embrasser, vous voir passer, si c'est trop demander que le reste ! Eh bien ! par exemple, voilà de ces pensées à quoi je ne résiste pas. Je sens qu'il m'ennuie de ne vous plus avoir : cette séparation me fait une douleur au cœur et à l'âme, que je sens comme un mal du corps. [...] Hélas ! de quoi ne me souviens-je point ? Les moindres choses me sont chères ; j'ai mille dragons[2]. Quelle différence ! je ne revenais jamais ici[3] sans impatience et sans plaisir : présentement j'ai beau chercher, je ne vous trouve plus ; et comment peut-on vivre quand on sait que, quoi qu'on fasse, on ne trouvera plus une si chère enfant ? Je vous ferai bien voir si je la souhaite, par le chemin que je ferai pour l'aller chercher[4]. [...]

De Mme de Sévigné à Mme de Grignan.

Vendredi, 20 février 1671.

Je vous avoue que j'ai une extraordinaire envie de savoir de vos nouvelles : songez, ma chère fille, que je n'en ai point eu depuis La Palice[5] ; je ne sais rien du reste de votre voyage jusqu'à Lyon, ni de votre route jusqu'en Provence : je me dévore[6], en un mot ; j'ai une impatience qui trouble mon repos. Je suis bien assurée qu'il me viendra des lettres (je ne doute point que vous ne m'ayez écrit), mais je les attends, et je ne les ai pas : il faut se consoler, et s'amuser en vous écrivant.

---

1. **Écueils** : des obstacles contre lesquels viennent se briser ses résolutions de demeurer ferme et de ne pas être triste.
2. **Dragons** : soucis.
3. **Ici** : à Paris.
4. La marquise de Sévigné fait ici référence au voyage qu'elle est prête à entreprendre pour aller chercher sa fille en Provence. En réalité, ce voyage n'aura lieu qu'en juillet 1672, plus d'un an après ce courrier.
5. **La Palice** : aujourd'hui Lapalisse, ville située non loin de Vichy.
6. **Je me dévore** : je suis dévorée d'angoisse.

Lettres de Madame de Sévigné

Vous saurez, ma petite, qu'avant-hier, mercredi, après être revenue de chez M. de Coulanges, où nous faisons nos paquets les jours d'ordinaire[1], je songeai à me coucher ; cela n'est pas extraordinaire ; mais ce qui l'est beaucoup, c'est qu'à trois heures après minuit j'entendis crier au voleur, au feu ; et ces cris si près de moi, si redoublés, que je ne doutai point que ce ne fût ici ; je crus même entendre qu'on parlait de ma pauvre petite-fille[2] ; je ne doutai pas qu'elle ne fût brûlée. Je me levai dans cette crainte, sans lumière, avec un tremblement qui m'empêchait quasi de me soutenir. Je courus à son appartement, qui est le vôtre : je trouvai tout dans une grande tranquillité ; mais je vis la maison de Guitaut[3] tout en feu ; les flammes passaient par-dessus la maison de Mme de Vauvineux[4] : on voyait dans nos cours, et surtout chez M. de Guitaut, une clarté qui faisait horreur : c'étaient des cris, c'était une confusion, c'était un bruit épouvantable des poutres et des solives[5] qui tombaient. Je fis ouvrir ma porte, j'envoyai mes gens au secours : M. de Guitaut m'envoya une cassette de ce qu'il a de plus précieux ; je la mis dans mon cabinet[6], et puis je voulus aller dans la rue pour béer[7] comme les autres : j'y trouvai M. et Mme de Guitaut quasi nus, l'ambassadeur de Venise[8], tous ses gens, la petite de Vauvineux qu'on portait tout endormie chez l'ambassadeur, plusieurs meubles et vaisselles d'argent qu'on sauvait chez lui. Mme de Vauvineux faisait déménager. Pour moi, j'étais comme dans une île, mais j'avais grand'pitié de mes pauvres

---

1. **Nos paquets les jours d'ordinaire** : les lettres étaient attachées ensemble, en paquet, avant d'être envoyées par la poste les jours de courrier ordinaire.
2. **Ma pauvre petite-fille** : Marie-Blanche, âgée de trois mois, confiée à sa grand-mère.
3. **M. de Guitaut** : voisin et ami de Mme de Sévigné.
4. **Madame de Vauvineux** : surnommée « la Vauvinette », une des voisines de Mme de Sévigné à Paris.
5. **Solives** : pièces de charpente.
6. **« Une cassette [...] dans mon cabinet »** : M. de Guitaut envoya un coffret contenant des objets précieux, que Mme de Sévigné rangea dans son cabinet, un meuble avec tiroirs et serrures dans lequel on rangeait les objets précieux.
7. **Béer** : variante de « bayer » : rester la bouche ouverte.
8. **L'ambassadeur de Venise** : il possédait une résidence à Paris dans le même quartier que la marquise.

Après le départ de Mme de Grignan

voisins. Mme Guéton et son frère[1] donnaient de très bons conseils. Nous étions tous dans la consternation : le feu était si allumé qu'on n'osait en approcher, et l'on n'espérait la fin de cet embrasement qu'avec la fin de la maison de ce pauvre Guitaut. Il faisait pitié ; il voulait aller sauver sa mère qui brûlait au troisième étage ; sa femme s'attachait à lui, et le retenait avec violence ; il était entre la douleur de ne pas secourir sa mère, et la crainte de blesser sa femme, grosse[2] de cinq mois. Il faisait pitié. Enfin il me pria de tenir sa femme, je le fis : il trouva que sa mère avait passé au travers de la flamme, et qu'elle était sauvée. Il voulut aller retirer quelques papiers ; il ne put approcher du lieu où ils étaient. Enfin il revint à nous dans cette rue où j'avais fait asseoir sa femme. Des capucins[3], pleins de charité et d'adresse, travaillèrent si bien qu'ils coupèrent le feu. On jeta de l'eau sur le reste de l'embrasement, et enfin le combat finit faute de combattants[4] ; c'est-à-dire après que le premier et le second étage de l'antichambre et de la petite chambre et du cabinet[5], qui sont à main droite du salon, eurent été entièrement consommés[6]. On appela bonheur ce qui restait de la maison, quoiqu'il y ait pour Guitaut pour plus de dix mille écus de perte : car on compte de faire rebâtir cet appartement, qui était peint et doré. […]

Vous m'allez demander comment le feu s'était mis à cette maison ; on n'en sait rien, il n'y en avait point dans l'appartement où il a pris. Mais si on avait pu rire dans une si triste occasion, quels portraits n'aurait-on pas faits de l'état où nous étions tous ? Guitaut était nu en chemise avec des chausses ; Mme de Guitaut

---

1. **Mme Guéton et son frère** : Mme Guéton était propriétaire d'une maison qu'elle louait à Mme de Sévigné dans le quartier du Marais à Paris, depuis 1669. Elle vivait dans le même quartier avec son fils, l'abbé Guéton.
2. **Grosse** : enceinte.
3. **Capucins** : en l'absence de pompiers professionnels, une ordonnance de 1363, toujours en vigueur, obligeait les religieux des ordres mendiants à apporter leur aide en cas d'incendie.
4. **Citation inexacte de Corneille** : « Et le combat *cessa* faute de combattants ». Cette citation fait écho au « dilemme cornélien » auquel Guitaut a été confronté juste avant.
5. **Cabinet** : le cabinet est aussi le nom donné à la pièce dans laquelle se trouve le meuble appelé cabinet.
6. **Consommés** : consumés, anéantis par le feu.

Lettres de Madame de Sévigné

était nu-jambes, et avait perdu une de ses mules[1] de chambre ; Mme de Vauvineux était en petite jupe[2], sans robe de chambre ; tous les valets, tous les voisins, en bonnets de nuit : l'ambassadeur était en robe de chambre et en perruque, et conserva fort bien la gravité de la Sérénissime[3]. [...]

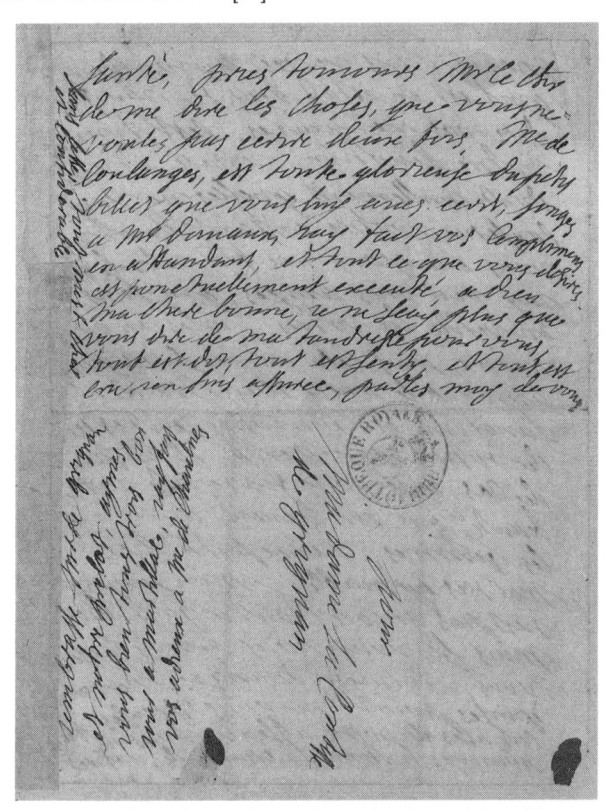

Extrait d'une lettre de Madame de Sévigné à sa fille.

---

1. **Mules** : petites pantoufles ouvertes au talon.
2. **Petite jupe** : jupon qui se portait sous la robe.
3. **Sérénissime** : la république de Venise.

Clefs d'analyse

Après le départ de Mme de Grignan (p. 28-34)

Action et personnages

1. Qui est Mme de Grignan ? Pourquoi la marquise lui écrit-elle ?
2. Lettre du 6 février 1671 : quelle est la situation de Mme de Grignan au moment où la marquise lui adresse ce courrier ? Relevez un passage précis du texte pour justifier votre réponse.
3. Lettre du 18 février 1671 : quel est le sujet de cette lettre ?
4. Expliquez la première phrase de cette lettre ; pourquoi la marquise prétend-elle que ses yeux sont au service de sa fille ?
5. Dans le dernier paragraphe de cette lettre, quels sentiments dominent chez la marquise de Sévigné ?
6. Lettre du 20 février 1671 : quelle est l'anecdote principale racontée dans cette lettre ?
7. En quoi cette anecdote est-elle rendue à la fois tragique et comique par le récit qu'en fait la marquise ?

Langue

8. Lettre du 6 février 1671 : quel est le champ lexical dominant dans cette lettre ? Relevez des termes précis.
9. Relevez les pronoms personnels et les déterminants possessifs dans cette même lettre ; quelles analyses et conclusions pouvez-vous tirer de ce relevé ?
10. Lettre du 18 février 1671 : quels sont les types de phrases dominants dans le dernier paragraphe ? Expliquez ces emplois.
11. Lettre du 20 février 1671 : dans le récit de l'incendie chez Guitaut, relevez les différents procédés d'écriture qui permettent à la marquise de rendre cet événement véritablement hors du commun. Vous serez particulièrement attentif au rythme des phrases, aux répétitions de construction, au vocabulaire employé, ainsi qu'aux figures d'exagération.

Clefs d'analyse

Après le départ de Mme de Grignan (p. 28-34)

Genre ou thèmes

12. En quoi peut-on dire que nous avons affaire dans ces lettres à un registre « élégiaque » ? Vous chercherez la définition de ce mot avec l'aide de votre professeur avant de répondre.
13. Cherchez la définition du registre « pathétique » et expliquez en quoi on peut l'appliquer à certains passages de ces lettres, que vous citerez.
14. Peut-on, selon vous, rapprocher ces lettres de « lettres d'amour » ? Quelles précautions apporteriez-vous à cette définition ?
15. Peut-on alors les qualifier de « lettres intimes » ? Justifiez votre réponse dans un paragraphe argumenté.

Écriture

16. Rédigez la réponse de Mme de Grignan à la lettre du 6 février 1671. Vous rendrez compte en partie de votre voyage vers la Provence, et répondrez aux témoignages de tendresse de votre « chère maman ».

Pour aller plus loin

17. Faites des recherches sur Mme de La Fayette et sur M. de La Rochefoucauld. Vous expliquerez à vos camarades qui ils étaient, et présenterez leurs œuvres principales.

> ✳ **À retenir**
>
> Les lettres permettent à la marquise de rester en contact avec sa fille partie vivre en Provence auprès de son mari. Nous n'avons pas retrouvé les réponses de cette dernière, mais plusieurs centaines, adressées par la marquise à sa « chère bonne », ont été conservées, qui nous permettent de lire un véritable roman de l'amour maternel… parfois un peu excessif !

Après le départ de Mme de Grignan

De Mme de Sévigné à Mme de Grignan.

À Paris, mercredi 4 mars 1671.

Ah ! ma fille, quelle lettre ! quelle peinture de l'état[1] où vous avez été ! et que je vous aurais mal tenu ma parole, si je vous avais promis de n'être point effrayée d'un si grand péril[2] ! Je sais bien qu'il est passé : mais il est impossible de se représenter votre vie si proche de sa fin, sans frémir d'horreur. Et M. de Grignan vous laisse conduire la barque ! Et quand vous êtes téméraire, il trouve plaisant de l'être encore plus que vous : au lieu de vous faire attendre que l'orage soit passé, il veut bien vous exposer, et vogue la galère ! Ah ! mon Dieu ! qu'il eût été bien mieux d'être timide, et de vous dire que, si vous n'aviez point de peur, il en avait lui, et de ne point souffrir que vous traversassiez le Rhône par un temps comme celui qu'il faisait ! Que j'ai de la peine à comprendre sa tendresse en cette occasion ! ce Rhône qui fait peur à tout le monde ! Ce pont d'Avignon où l'on aurait tort de passer en prenant de loin toutes ses mesures ! Un tourbillon de vent vous jette violemment sous une arche ! Et quel miracle que vous n'ayez pas été brisée et noyée dans un moment[3] ! Ma bonne, je ne soutiens pas cette pensée, j'en frissonne, et je m'en suis réveillée avec des sursauts dont je ne suis pas la maîtresse. Trouvez-vous toujours que le Rhône ne soit que de l'eau ? De bonne foi, n'avez-vous point été effrayée d'une mort si proche et si inévitable ? Une autre fois ne serez-vous point un peu moins hasardeuse ? Une aventure comme celle-là ne vous fera-t-elle point voir les dangers aussi terribles qu'ils le sont ? Je vous prie de m'avouer ce qui vous en est resté ; je crois du moins que vous avez rendu grâces à Dieu de vous avoir sauvée. Pour moi, je suis persuadée que les messes que j'ai fait dire tous les jours pour vous ont fait ce miracle. […]

Cette lettre vous paraîtra bien ridicule ; vous la recevrez dans un temps où vous ne songerez plus au pont d'Avignon. Faut-il que

---

1. **L'état** : la situation.
2. **Péril** : danger.
3. **Dans un moment** : en un instant.

Lettres de Madame de Sévigné

j'y pense, moi, présentement ? C'est le malheur des commerces[1] si éloignés : toutes les réponses paraissent rentrées de pique noire[2] ; il faut s'y résoudre, et ne pas même se révolter contre cet inconvénient : cela est naturel, et la contrainte serait trop grande d'étouffer toutes ses pensées ; il faut entrer dans l'état naturel où l'on est, en répondant à une chose qui tient au cœur : vous serez donc obligée de m'excuser souvent. J'attends les relations de votre séjour à Arles ; je sais que vous y aurez trouvé bien du monde. Ne m'aimez-vous point de vous avoir appris l'italien ? Voyez comme vous vous en êtes bien trouvée avec ce vice-légat[3] : ce que vous dites de cette scène est excellent ; mais que j'ai peu goûté le reste de votre lettre ! Je vous épargne mes éternels recommencements sur ce pont d'Avignon : je ne l'oublierai de ma vie et suis plus obligée[4] à Dieu de vous avoir conservée dans cette occasion que de m'avoir fait naître, sans comparaison.

De Mme de Sévigné à Mme de Grignan.

À Paris, mercredi 18 mars 1671.

[...] Je fus voir l'autre jour cette duchesse de Ventadour ; elle était belle comme un ange. Mme la duchesse de Nevers y vint, coiffée à faire rire : il faut m'en croire, car vous savez comme j'aime la mode excessive. La Martin[5] l'avait brétaudée[6] par plaisir comme un patron de mode : elle avait donc tous les cheveux cou-

---

1. **Commerces** : relations par lettres à de grandes distances.
2. **Rentrées de pique noire** : une rentrée de pique noire n'est pas favorable dans un jeu de cartes, où elle désigne une rentrée qui s'accorde mal avec le jeu tenu en main. Au sens figuré, l'expression désigne quelque chose qui s'accorde mal aux circonstances ; elle exprime ici le décalage des sentiments et des préoccupations des épistolières.
3. **Vice-légat** : le vice-légat du pape, qui gouvernait Avignon.
4. **Obligée** : reconnaissante.
5. **La Martin** : coiffeuse réputée à l'époque de la marquise de Sévigné.
6. **Brétauder** : tondre inégalement un chien. Par extension, brétauder les cheveux de quelqu'un signifie les lui couper trop court.

Après le départ de Mme de Grignan

pés sur la tête, et frisés naturellement et par cent papillotes[1] qui lui font souffrir toute la nuit mort et passion. Tout cela fait une petite tête de chou ronde, sans nulle chose par les côtés. Ma fille, c'était la plus ridicule chose qu'on peut s'imaginer : elle n'avait point de coiffe. Mais encore passe, elle est jeune et jolie ; mais toutes ces femmes de Saint-Germain, et cette La Mothe surtout, se font testonner[2] par la Martin ; cela est au point que le roi et toutes les dames sensées en pâment de rire : elles en sont encore à cette jolie coiffure que Montgobert[3] sait si bien : les boucles renversées, voilà tout. Elles se divertissent à voir outrer[4] cette mode jusqu'à la folie. [...]

De Mme de Sévigné à Mme de Grignan.

À Paris, samedi 4 avril 1671.

Je vous mandai l'autre jour la coiffure de Mme de Nevers, et dans quel excès la Martin avait poussé cette mode ; mais il y a une certaine médiocrité[5] qui m'a charmée, et qu'il faut vous apprendre, afin que vous ne vous amusiez plus à faire cent petites boucles sur vos oreilles, qui sont défrisées en un moment, qui siéent[6] mal, et qui ne sont non plus à la mode présentement, que la coiffure de la reine Catherine de Médicis[7]. Je vis hier la duchesse de Sully et la comtesse de Guiche : leurs têtes sont charmantes ; je suis rendue[8]. Cette coiffure est faite justement pour votre visage ; vous serez comme un ange, et cela est fait en un moment. [...] Voici ce

---

1. **Papillotes** : morceaux de papier dont on enveloppe les mèches de cheveux pour les friser.
2. **Testonner** : Peigner les cheveux, les accommoder avec soin.
3. **Montgobert** : elle fut la dame de compagnie de Mme de Grignan jusqu'en 1680.
4. **Outrer** : exagérer.
5. **Médiocrité** : ici, modération, juste milieu.
6. **Siéent** : vont.
7. **Catherine de Médicis** : la reine Catherine de Médicis était morte près de quatre-vingts ans auparavant. Sa coiffure n'est donc plus du tout à la mode.
8. **Je suis rendue** : je suis convaincue. La marquise a totalement changé d'opinion sur cette coiffure par rapport à la lettre précédente !

Lettres de Madame de Sévigné

que *Trochanire*[1], qui vient de Saint-Germain, et moi, nous allons vous faire entendre, si nous pouvons. Imaginez-vous une tête partagée à la paysanne jusqu'à deux doigts du bourrelet[2] ; on coupe les cheveux de chaque côté, d'étage en étage, dont on fait deux grosses boucles rondes et négligées, qui ne viennent pas plus bas qu'un doigt au-dessous de l'oreille ; cela fait quelque chose de fort jeune et de fort joli, et comme deux gros bouquets de cheveux de chaque côté. Il ne faut pas couper les cheveux trop court ; car comme il faut les friser naturellement, les boucles, qui en emportent[3] beaucoup, ont attrapé plusieurs dames, dont l'exemple doit faire trembler les autres. On met les rubans comme à l'ordinaire, et une grosse boucle nouée entre le bourrelet et la coiffure ; quelquefois on la laisse traîner jusque sur la gorge. Je ne sais si nous vous avons bien représenté cette mode ; je ferai coiffer une poupée pour vous l'envoyer ; et puis, au bout de tout cela, je meurs de peur que vous ne daigniez point prendre toute cette peine. Ce qui est vrai, c'est que la coiffure que fait Montgobert n'est plus supportable. [...] Je vous vois, vous m'apparaissez, et cette coiffure est faite pour vous : mais qu'elle est ridicule à de certaines dames, dont l'âge ou la beauté ne conviennent pas !

Mme de La Troche prend la plume pour écrire à Mme de Grignan.

Mme de Sévigné a voulu avoir l'avantage de vous décrire cette coiffure ; mais, ma belle, c'est moi qui lui dictais. Madame, vous serez ravissante ; tout ce que je crains, c'est que vous n'ayez regret à vos cheveux. Pour vous fortifier[4], je vous apprends que la reine et tout ce qu'il y a de filles et de femmes qui se coiffent à Saint-Germain achevèrent hier de les faire couper par La Vienne ; car c'est lui et Mlle de La Borde qui ont fait toutes les exécutions. Mme de Crussol vint lundi à Saint-Germain, coiffée à la mode ; elle

---

1. **Trochanire** : surnom que Mme de Sévigné donne à son amie Mme de La Troche, avec qui elle écrit cette lettre.
2. « **Une tête partagée à la paysanne [...] du bourrelet** » : il faut faire une raie au milieu et tordre les cheveux en les ramassant en chignon.
3. **Emportent** : séduisent.
4. **Pour vous fortifier** : pour vous encourager dans votre choix.

Après le départ de Mme de Grignan

alla au coucher de la reine, et lui dit : Ah ! madame, Votre Majesté a donc pris notre coiffure ? Votre coiffure ! lui répondit la reine ; je vous assure que je n'ai point voulu prendre votre coiffure ; je me suis fait couper les cheveux, parce que le roi les trouve mieux ainsi : mais ce n'est point pour prendre votre coiffure. On fut un peu surpris du ton avec lequel la reine lui parla. Mais voyez un peu aussi où Mme de Crussol allait prendre que c'était sa coiffure, parce que c'est celle de Mme de Montespan, de Mme de Nevers, de la petite de Thianges, et de deux ou trois autres beautés charmantes qui l'ont hasardée les premières. Je vous ai vue vingt fois prête à l'inventer ; cela me fait croire que vous n'aurez point de peine à comprendre ce que nous vous en écrivons. [...] Enfin, madame, il n'est question d'autre chose à Saint-Germain ; et moi, qui ne veux point me faire couper les cheveux, je suis ennuyée à la mort d'en entendre parler.

Nouvelle séparation

En 1672, Mme de Sévigné va enfin passer quatorze mois en Provence, chez sa fille. En octobre 1673, elle repart pour Paris ; en chemin, elle écrit à la comtesse, qui, de son côté, se rend à Aix pour les affaires de son mari. Les deux femmes sont donc séparées une deuxième fois, depuis le premier départ de 1671.

De Mme de Sévigné à Mme de Grignan.

À Montélimar, jeudi 5 octobre 1673.

Voici un terrible jour, ma chère fille ; je vous avoue que je n'en puis plus. Je vous ai quittée dans un état qui augmente ma douleur. Je songe à tous les pas que vous faites et à tous ceux que je fais, et combien il s'en faut qu'en marchant toujours de cette sorte nous puissions jamais nous rencontrer. Mon cœur est en repos quand il est auprès de vous ; c'est son état naturel, et le seul qui peut lui plaire. Ce qui s'est passé ce matin me donne une douleur

Lettres de Madame de Sévigné

sensible, et me fait un déchirement dont votre philosophie[1] sait les raisons : je les ai senties et les sentirai longtemps. J'ai le cœur et l'imagination tout remplis de vous ; je n'y puis penser sans pleurer, et j'y pense toujours ; de sorte que l'état où je suis n'est pas une chose soutenable : comme il est extrême, j'espère qu'il ne durera pas dans cette violence. Je vous cherche toujours, et je trouve que tout me manque, parce que vous me manquez. Mes yeux, qui vous ont tant rencontrée depuis quatorze mois, ne vous trouvent plus. Le temps agréable qui est passé rend celui-ci douloureux, jusqu'à ce que j'y sois un peu accoutumée ; mais ce ne sera jamais assez pour ne pas souhaiter ardemment de vous revoir et de vous embrasser. Je ne dois pas espérer mieux de l'avenir que du passé ; je sais ce que votre absence m'a fait souffrir ; je serai encore plus à plaindre, parce que je me suis fait imprudemment une habitude nécessaire de vous voir. Il me semble que je ne vous ai point assez embrassée en partant ; qu'avais-je à ménager ? Je ne vous ai point assez dit combien je suis contente de votre tendresse ; je ne vous ai point assez recommandée à M. de Grignan ; je ne l'ai point assez remercié de toutes ses politesses et de toute l'amitié qu'il a pour moi ; j'en attendrai les effets[2] sur tous les chapitres : il y en a où il a plus d'intérêt que moi, quoique j'en sois plus touchée que lui. Je suis déjà dévorée de curiosité ; je n'espère de consolation que de vos lettres, qui me feront encore bien soupirer[3]. En un mot, ma fille, je ne vis que pour vous : Dieu me fasse la grâce de l'aimer quelque jour comme je vous aime ! Je songe aux *pichons*[4] ; je suis toute pétrie des Grignan ; je tiens partout[5]. Jamais un voyage n'a été si triste que le nôtre ; nous ne disons pas un mot.

---

1. **Philosophie** : allusion à la philosophie de Descartes, dont Mme de Grignan était une fervente lectrice. Le philosophe affirmait qu'il fallait maîtriser nos passions par l'usage de notre volonté.
2. **Effets** : comptes rendus.
3. **Qui me feront encore bien soupirer** : même si la marquise attend les lettres de sa fille, elle sait que celles-ci raviveront la douleur de la séparation.
4. *Pichons* : les « pitchouns » (les petits) en provençal ; Mme de Sévigné fait allusion à Marie-Blanche, trois ans, et Louis-Provence, deux ans, les enfants de Mme de Grignan.
5. **Je tiens partout** : Grignan et ses habitants occupent toutes ses pensées.

Après le départ de Mme de Grignan

Adieu, ma chère enfant, aimez-moi toujours : hélas ! nous revoilà dans les lettres. Assurez M. l'Archevêque de mon respect très tendre, et embrassez le coadjuteur[1] ; je vous recommande à lui. Nous avons encore dîné à vos dépens[2]. Voilà M. de Saint-Geniez[3] qui vient me consoler. Ma fille, plaignez-moi de vous avoir quittée.

Madame de Grignan.
Peinture à l'huile de Pierre Mignard (XVIIe).

1. **M. l'Archevêque [...] le coadjuteur** : l'archevêque d'Arles, oncle de M. de Grignan, et le coadjuteur de l'archevêque, son neveu, le frère de M. de Grignan.
2. **À vos dépens** : sur les provisions laissées pour la route par Mme de Grignan.
3. **Saint-Geniez** : Henri, seigneur d'Audanne, marquis de Saint-Geniez.

Clefs d'analyse

Après le départ de Mme de Grignan (p. 37-43)

Action et personnages

1. Au début de la lettre du 4 mars 1671, que comprend-on du récit fait par sa fille à Mme de Sévigné ? Que lui est-il arrivé lors de son voyage vers la Provence ?
2. Pourquoi cette lettre risque-t-elle de paraître ridicule à Mme de Grignan ? Quelle particularité de la correspondance est ici mise en valeur par la marquise ?
3. Quel est le sujet principal des lettres du 18 mars et du 4 avril 1671 ? Quel est l'avis de la marquise d'une lettre à l'autre ?
4. Relevez les passages dans lesquels elle loue la coiffure de Montgobert, puis ceux dans lesquels elle la critique. Qu'en concluez-vous sur l'opinion de la marquise en matière de mode ?

Langue

5. Lettre du 4 mars 1671 : grâce à quels procédés d'écriture la marquise traduit-elle sa frayeur après le récit du voyage en barque de sa fille ? Vous serez particulièrement attentif aux types et au rythme de phrases, au vocabulaire employé, ainsi qu'aux différentes figures de style employées par l'auteur.
6. Dans la lettre du 5 octobre 1673, relevez tous les termes qui renvoient au vocabulaire de la souffrance et des émotions fortes. À quel registre pouvez-vous rattacher ce vocabulaire ?
7. Dans cette même lettre, à quoi la marquise compare-t-elle son amour pour sa fille ? Pensez-vous qu'il s'agit là d'une exagération ou que la marquise est vraiment sincère ? Justifiez votre réponse en quelques lignes.
8. « Ma fille, plaignez-moi de vous avoir quittée » (même lettre) : quel est le temps et le mode du verbe ?
9. Dans cette même citation, justifiez la terminaison en « -ée » du participe passé « quittée ».
10. Lettre du 18 mars 1671 : « Elle est belle comme un ange » : comment nomme-t-on cette figure de style ? Analysez les effets.
11. Même lettre : « c'était la plus ridicule chose qu'on peut s'imaginer » : à quelle valeur est l'adjectif qualificatif ?

Clefs d'analyse

Après le départ de Mme de Grignan (p. 37-43)

Genre ou thèmes

12. Relevez différents passages, dans toutes les lettres de ce chapitre, qui évoquent la douleur de la séparation, et montrez que la marquise utilise souvent les mêmes termes pour traduire sa douleur.

Écriture

13. Rédigez un texte narratif d'une quinzaine de lignes dans lequel vous raconterez l'accident qui a jeté la fille de la marquise dans l'eau (voir la lettre du 4 mars 1671). Vous utiliserez une narration externe, et alternerez entre point de vue omniscient et interne (Mme de Grignan).

Pour aller plus loin

14. Retracez sur une carte, à l'aide des éléments apportés dans ces lettres, l'itinéraire de Mme de Grignan pour rejoindre la Provence.

✸ À retenir

La lettre est l'un des moyens privilégiés pour exprimer ses sentiments, l'écriture épistolaire accordant une place très large à la subjectivité de celui qui prend la plume. Cette subjectivité peut s'exprimer à travers un vocabulaire traduisant les émotions : amour, chagrin, colère, qui inscrit la lettre dans les registres lyriques (voire élégiaques), pathétiques ou polémiques.

Lettres **de Madame de Sévigné**

La vie à Paris

De Mme de Sévigné à Mme de Grignan.

À Paris, mercredi 16 mars 1672.

410 [...] Vous me demandez, ma chère enfant, si j'aime toujours bien la vie : je vous avoue que j'y trouve des chagrins cuisants ; mais je suis encore plus dégoûtée de la mort : je me trouve si malheureuse d'avoir à finir tout ceci par elle, que, si je pouvais retourner en arrière, je ne demanderais pas mieux. Je me trouve dans un
415 engagement qui m'embarrasse : je suis embarquée dans la vie sans mon consentement ; il faut que j'en sorte, cela m'assomme ; et comment en sortirai-je ? par où ? par quelle porte ? quand sera-ce ? en quelle disposition ? Souffrirai-je mille et mille douleurs, qui me feront mourir désespérée ? aurai-je un transport au cerveau ?
420 mourrai-je d'un accident ? comment serai-je avec Dieu ? qu'aurai-je à lui présenter ? la crainte, la nécessité feront-elles mon retour vers lui ? n'aurai-je aucun autre sentiment que celui de la peur ? que puis-je espérer ? suis-je digne[1] du paradis ? suis-je digne de l'enfer ? Quelle alternative ! quel embarras ! Rien n'est si fou que
425 de mettre son salut[2] dans l'incertitude ; mais rien n'est si naturel, et la sotte vie que je mène est la chose du monde la plus aisée à comprendre : je m'abîme[3] dans ces pensées, et je trouve la mort si terrible, que je hais plus la vie parce qu'elle m'y mène, que par les épines qui s'y rencontre. Vous me direz que je veux donc vivre
430 éternellement ; point du tout : mais si on m'avait demandé mon avis, j'aurais bien aimé à mourir entre les bras de ma nourrice[4] ;

---

1. **Suis-je digne... ?** : vais-je mériter... ?
2. **Salut** : fait d'être sauvé du péché ou de la damnation éternelle.
3. **Je m'abîme** : je m'oublie.
4. **« Mourir entre les bras de ma nourrice »** : Mme de Sévigné aurait préféré mourir lorsqu'elle était encore bébé. Selon les catholiques, les enfants baptisés qui décédaient en bas âge allaient droit au paradis.

La vie à Paris

cela m'aurait ôté bien des ennuis, et m'aurait donné le ciel bien sûrement et bien aisément : mais parlons d'autre chose.

Je suis au désespoir que vous ayez eu *Bajazet* par d'autres que par moi ; c'est ce chien de Barbin[1] qui me hait, parce que je ne fais pas des *Princesses de Montpensier*[2]. Vous avez jugé très juste et très bien de *Bajazet*, et vous aurez vu que je suis de votre avis. Je voulais vous envoyer la Champmeslé[3] pour vous réchauffer la pièce. Le personnage de Bajazet est glacé ; les mœurs des Turcs y sont mal observées, ils ne font point tant de façons pour se marier ; le dénouement n'est point bien préparé ; on n'entre point dans les raisons de cette grande tuerie : il y a pourtant des choses agréables, mais rien de parfaitement beau, rien qui enlève[4], point de ces tirades de Corneille qui font frissonner. Ma fille, gardons-nous bien de lui comparer Racine, sentons-en la différence ; les pièces de ce dernier ont des endroits froids et faibles, et jamais il n'ira plus loin qu'*Alexandre* et qu'*Andromaque* ; *Bajazet* est au-dessous, au sentiment de bien des gens, et au mien, si j'ose me citer. Racine fait des comédies pour la Champmeslé : ce n'est pas pour les siècles à venir[5]. Si jamais il n'est plus jeune, et qu'il cesse d'être amoureux, ce ne sera plus la même chose. Vive donc notre vieil ami Corneille ! Pardonnons-lui de méchants vers en faveur des divines et sublimes beautés qui nous transportent : ce sont des traits de maître qui sont inimitables. Despréaux[6] en dit encore plus que moi ; et en un mot, c'est le bon goût, tenez-vous-y. [...]

---

1. **Barbin** : libraire-imprimeur qui aurait envoyé à Mme de Grignan un exemplaire de la tragédie de Racine.
2. ***Princesses de Montpensier*** : allusion à une œuvre de Mme de La Fayette parue en 1662.
3. **La Champmeslé** : de son vrai nom Marie Desmares, cette tragédienne se rendit célèbre en interprétant les grands rôles du théâtre de Racine, dont elle fut un temps la maîtresse.
4. **Rien qui enlève** : rien qui nous transporte.
5. **« Ce n'est pas pour les siècles à venir »** : la postérité contredira la marquise...
6. **Despréaux** : Nicolas Boileau, seigneur Despréaux, est l'auteur notamment des *Satires*, dans lesquelles il se montra très critique à l'égard des écrivains dont il n'approuvait pas le style (par exemple Chapelain ou Boyer) et loua ses amis (comme Molière).

Lettres de Madame de Sévigné

Le passage du Rhin

La guerre de Hollande débute en 1672 et durera sept ans. Elle devait permettre à la France d'écraser la puissance économique hollandaise. Turenne et Condé dirigent les troupes, qui passent le Rhin en juin 1672. Mais les Hollandais ouvrent les digues et noient le pays, faisant subir de très lourdes pertes à l'armée française. M. de Nogent, le beau-frère de Lauzun, et le fils de M. de La Rochefoucauld, M. de Longueville, y trouvèrent la mort. Ce contexte alarme Mme de Sévigné, dont le fils Charles est au combat.

De Mme de Sévigné à Mme de Grignan.

À Paris, vendredi 17 juin 1672, à 11 heures du soir.

Aussitôt que j'ai eu envoyé mon paquet, j'ai appris, ma bonne, une triste nouvelle dont je ne vous dirai point le détail, parce que je ne le sais pas : mais je sais qu'au passage de l'Yssel[1], sous les ordres de M. le Prince[2], M. de Longueville a été tué ; cette nouvelle accable. Nous étions chez Mme de La Fayette avec M. de La Rochefoucauld, quand on nous l'a apprise, et en même temps la blessure de M. de Marsillac et la mort du chevalier de Marsillac qui est mort de sa blessure[3] : cette grêle est tombée sur lui en ma présence. Il a été très vivement affligé, ses larmes ont coulé du fond du cœur, et sa fermeté l'a empêché d'éclater.

Après ces nouvelles, je ne me suis pas donné la patience de rien demander. J'ai couru chez M. de Pomponne, qui m'a fait souvenir que mon fils est dans l'armée du roi, laquelle n'a eu nulle part à l'action. Elle était réservée à M. le Prince : on dit qu'il est blessé ; on dit qu'il a passé la rivière dans un petit bateau ; on dit que Nogent a été noyé ; on dit que Guitry est tué ; on dit que M. de

---

1. **L'Yssel** : rivière des Pays-Bas, l'un des bras du Rhin.
2. **M. le Prince** : Louis II, prince de Condé.
3. **M. de Marsillac et le chevalier de Marsillac** : ce sont le fils aîné et le quatrième fils de M. de La Rochefoucauld. Il vient donc de perdre deux enfants (dont le fils de sa maîtresse la duchesse de Longueville), et d'en voir un troisième blessé.

La vie à Paris

Roquelaure et M. de La Feuillade[1] sont blessés, qu'il y en a une infinité qui ont péri en cette rude occasion. Quand je saurai le détail de cette nouvelle, je vous la manderai.

Voilà Guitaut[2] qui m'envoie un gentilhomme qui vient de l'hôtel de Condé ; il me dit que M. le Prince a été blessé à la main. M. de Longueville avait forcé la barrière, où il s'était présenté le premier ; il a été aussi le premier tué sur-le-champ ; tout le reste est assez pareil : M. de Guitry noyé, et M. de Nogent aussi ; M. de Marsillac blessé, comme j'ai dit, et une grande quantité d'autres qu'on ne sait pas encore. Mais enfin l'Yssel est passé. M. le Prince l'a passé trois ou quatre fois en bateau, tout paisiblement, donnant ses ordres partout avec ce sang-froid et cette valeur divine qu'on lui connaît. On assure qu'après cette première difficulté on ne trouve plus d'ennemis : ils sont retirés dans leurs places. La blessure de M. de Marsillac est un coup de mousquet dans l'épaule, et un autre dans la mâchoire, qui n'offense pas[3] l'os. Adieu, ma chère enfant ; j'ai l'esprit un peu hors de sa place, quoique mon fils soit dans l'armée du roi ; mais il y aura tant d'occasions[4], que cela fait trembler et mourir.

L'exécution de la Brinvilliers

En 1676, le procès de la marquise de Brinvilliers entraîne la découverte, à Paris, de l'existence d'un réseau de marchands de poisons, dont l'ampleur incite Louis XIV à créer en 1679 une chambre de justice spéciale, la Chambre ardente. C'est le prologue de l'affaire des Poisons (1679-1682), qui jette le trouble sur le royaume en révélant une série d'empoisonnements et de pratiques de sorcellerie compromettant de nombreuses personnes de la cour. La marquise de Brinvilliers, qui avait empoisonné son père et ses deux frères, est condamnée à être décapitée et brûlée. C'est cette

---

1. **Nogent [...] Guitry [...] M. de Roquelaure et M. de La Feuillade** : Nogent est Armand de Bautru, comte de Nogent, maréchal de camp ; Guy de Guitry était le grand maître de la Garde-Robe ; Gaston de Roquelaure fut plus tard gouverneur de Guyane ; François, duc de La Feuillade, est alors colonel des gardes françaises.
2. **Guitaut** : comte d'Époisses, ami de Mme de Sévigné, son voisin à Paris.
3. **Qui n'offense pas** : qui n'a pas cassé.
4. **D'occasions** : engagements de guerre, rencontres, combats.

Lettres de Madame de Sévigné

exécution que relate Mme de Sévigné au début de sa lettre, avant de laisser libre cours aux faits-divers qui font les délices des mondains, « sottises » et « petites affaires » divertissantes.

De Mme de Sévigné à Mme de Grignan.

À Paris, vendredi 17 juillet 1676.

Enfin c'en est fait, la Brinvilliers est en l'air[1] : son pauvre petit corps a été jeté, après l'exécution, dans un fort grand feu, et ses cendres au vent ; de sorte que nous la respirerons, et que, par la communication des petits esprits[2], il nous prendra quelque humeur empoisonnante, dont nous serons tout étonnés. Elle fut jugée dès hier ; ce matin on lui a lu son arrêt, qui était de faire amende honorable[3] à Notre-Dame, et d'avoir la tête coupée, son corps brûlé, les cendres au vent. On l'a présentée à la question[4] ; elle a dit qu'il n'en était pas besoin, et qu'elle dirait tout : en effet, jusqu'à cinq heures du soir elle a conté sa vie, encore plus épouvantable qu'on ne le pensait. Elle a empoisonné dix fois de suite son père (elle ne pouvait en venir à bout), ses frères et plusieurs autres ; et toujours l'amour et les confidences mêlés partout. Elle n'a rien dit contre Penautier[5]. Après cette confession, on n'a pas laissé[6] de lui donner dès le matin la question ordinaire et extraordinaire ; elle n'en a pas dit davantage : elle a demandé à parler à M. le procureur général ; elle a été une heure avec lui : on ne

---

1. **En l'air** : ses cendres ont été dispersées.
2. **Petits esprits** : les esprits animaux ; allusion à la théorie du philosophe Descartes, dont Mme de Sévigné, comme sa fille, était une lectrice assidue.
3. **Faire amende honorable** : coutume qui consistait à présenter ses regrets en public, que le condamné faisait pieds nus, en chemise et la corde au cou.
4. **La question** : la torture pour faire parler. La question ordinaire et la question extraordinaire étaient deux façons différentes de torturer l'accusé pour le faire avouer, en lui faisant avaler de grandes quantités d'eau : six litres pour la question ordinaire, douze pour la question extraordinaire.
5. **Penautier** : Louis de Reich, seigneur de Penautier, receveur général du clergé, était soupçonné d'avoir empoisonné plusieurs personnes, dont le trésorier des états de Bourgogne ; il réussit à se tirer d'affaire, en particulier grâce à l'influence de ses amis, et l'on n'a jamais pu prouver sa culpabilité.
6. **On n'a pas laissé** : on a continué à.

La vie à Paris

sait point encore le sujet de cette conversation. À six heures on l'a menée nue en chemise, la corde au cou, à Notre-Dame, faire l'amende honorable ; et puis on l'a remise dans le même tombereau[1], où je l'ai vue, jetée à reculons sur de la paille, avec une cornette basse[2] et sa chemise, un docteur[3] auprès d'elle, le bourreau de l'autre côté : en vérité, cela m'a fait frémir. Ceux qui ont vu l'exécution disent qu'elle a monté sur l'échafaud avec bien du courage. Pour moi, j'étais sur le pont Notre-Dame avec la bonne d'Escars[4] ; jamais il ne s'est vu tant de monde, jamais Paris n'a été si ému ni si attentif ; et demandez-moi ce qu'on a vu, car pour moi je n'ai vu qu'une cornette ; mais enfin ce jour était consacré à cette tragédie. J'en saurai demain davantage, et cela vous reviendra. [...]

La disgrâce de Pomponne

De Mme de Sévigné à Mme de Grignan.

À Paris, mercredi 22 novembre 1679.

Ma bonne, je m'en vais bien vous surprendre et vous fâcher[5] : M. de Pomponne[6] est disgracié ; il eut ordre samedi au soir, comme il revenait de Pomponne, de se défaire de sa charge. Le roi avait réglé qu'il aurait 700 000 francs, et que la pension de 20 000 francs qu'il avait comme ministre lui serait continuée : Sa Majesté voulait lui marquer par cet arrangement qu'elle était contente de sa fidélité. Ce fut M. Colbert qui lui fit ce compliment, en l'assurant qu'il était au désespoir d'être obligé, etc. M. de Pomponne demanda s'il ne pourrait point avoir l'honneur de parler au roi, et savoir de sa bouche quelle faute avait attiré

---

1. **Tombereau** : Charrette sur laquelle on menait au supplice les grands coupables.
2. **Cornette basse** : sorte de coiffure de femme en déshabillé.
3. **Docteur** : docteur en théologie (étude des religions), l'équivalent d'un prêtre.
4. **La bonne d'Escars** : une amie de Mme de Sévigné.
5. **Fâcher** : affliger, attrister. M. de Pomponne était un ami de la famille Sévigné.
6. **M. de Pomponne** : Simon Arnauld de Pomponne (1618-1699), neveu du Grand Arnauld, secrétaire d'État aux Affaires étrangères depuis 1671.

Lettres de Madame de Sévigné

ce coup de tonnerre : on lui dit qu'il ne pouvait point parler au roi ; il lui écrivit, lui marqua son extrême douleur, et l'ignorance où il était de ce qui pouvait avoir contribué à sa disgrâce : il lui parla de sa nombreuse famille, il le supplia d'avoir égard à huit enfants qu'il avait. Aussitôt il fit remettre ses chevaux au carrosse, et revint à Paris, où il arriva à minuit. M. de Pomponne n'était pas de ces ministres sur qui une disgrâce tombe à propos, pour leur apprendre l'humanité qu'ils ont presque tous oubliée ; la fortune n'avait fait qu'employer les vertus qu'il avait, pour le bonheur des autres ; on l'aimait, surtout parce qu'on l'honorait infiniment.

Nous avions été, comme je vous l'ai mandé, le vendredi à Pomponne, M. de Chaulnes, Lavardin[1] et moi : nous le trouvâmes, et les dames, qui nous reçurent fort gaiement. On causa tout le soir, on joua aux échecs : ah ! quel échec et mat on lui préparait à Saint-Germain ! Il y alla dès le lendemain matin, parce qu'un courrier[2] l'attendait ; de sorte que M. Colbert, qui croyait le trouver le samedi au soir à l'ordinaire, sachant qu'il était allé droit à Saint-Germain, retourna sur ses pas, et pensa crever ses chevaux. Pour nous, nous ne partîmes de Pomponne qu'après dîner ; nous y laissâmes les dames, Mme de Vins[3] m'ayant chargée de mille amitiés pour vous. Il fallut donc leur mander cette triste nouvelle : ce fut un valet de chambre de M. de Pomponne, qui arriva le dimanche à neuf heures dans la chambre de Mme de Vins : c'était une marche[4] si extraordinaire que celle de cet homme, et il était si excessivement changé, que Mme de Vins crut absolument qu'il venait lui dire la mort de M. de Pomponne ; de sorte que, quand elle sut qu'il n'était que disgracié, elle respira ; mais elle sentit son mal quand elle fut remise ; elle alla le dire à sa sœur. Elles partirent à l'instant, laissant tous ces petits garçons en larmes ; et, accablées de douleur, elles arrivèrent à Paris à deux heures après midi, où elles trouvèrent M. de Pomponne. Vous pouvez vous représenter cette entrevue, et ce qu'ils sentirent en se revoyant si différents de ce qu'ils pensaient être la veille. Pour moi, j'appris

---

1. **M. de Chaulnes, Lavardin** : le gouverneur de Bretagne et un lieutenant général.
2. **Courrier** : les courriers lui apportaient les communications des ambassadeurs.
3. **Mme de Vins** : la belle-sœur de M. de Pomponne.
4. **Marche** : démarche.

La vie à Paris

cette nouvelle par l'abbé de Grignan[1] ; je vous avoue qu'elle me toucha droit au cœur.

J'allai à leur porte dès le soir ; on ne les voyait point en public ; j'entrai, je les trouvai tous trois. M. de Pomponne m'embrassa, sans pouvoir prononcer une parole : les dames ne purent retenir leurs larmes, ni moi les miennes : ma fille, vous n'auriez pas retenu les vôtres ; c'était un spectacle douloureux : la circonstance de ce que nous venions de nous quitter à Pomponne d'une manière si différente augmenta notre tendresse. Enfin je ne puis vous représenter cet état. La pauvre Mme de Vins, que j'avais laissée si fleurie, n'était pas reconnaissable ; je dis pas reconnaissable, une fièvre de quinze jours ne l'aurait pas tant changée : elle me parla de vous, et me dit qu'elle était persuadée que vous sentiriez sa douleur, et l'état de M. de Pomponne ; je l'en assurai. [...] Ô Dieu ! quel changement ! quel retranchement ! quelle économie dans cette maison ! Huit enfants, n'avoir pas eu le temps d'obtenir la moindre grâce ! Ils doivent trente mille livres de rente ; voyez ce qu'il leur restera [...]

Enfin, ma fille, voilà qui est fait, voilà le monde. M. de Pomponne est plus capable que personne de soutenir ce malheur avec courage, avec résignation et beaucoup de christianisme. [...]

L'exécution de la Voisin

Quatre ans après l'exécution de La Brinvilliers, une autre empoisonneuse est arrêtée à Paris. De son vrai nom Catherine Deshayes, elle est connue dans tout Paris sous le nom de son mari, Montvoisin, et surnommée « la Voisin ». Soupçonnée de sorcellerie, d'avortements et d'empoisonnement, la Voisin est restée célèbre car elle a dénoncé, juste avant de mourir, des clients appartenant à la haute aristocratie. Mme de Montespan, favorite du roi Louis XIV, est directement mise en cause[2] !

---

1. **L'abbé de Grignan** : frère du comte de Grignan.
2. On pense depuis que la favorite faisait surtout avaler au roi des aphrodisiaques qu'elle se procurait chez la Voisin, dont elle ne soupçonnait pas l'effet empoisonnant lorsqu'ils étaient pris à trop fortes doses.

Lettres de Madame de Sévigné

De Mme de Sévigné à Mme de Grignan.

À Paris, vendredi 23 février 1680.

[...] Je ne vous parlerai que de la Voisin : ce ne fut point mercredi, comme je vous l'avais mandé, qu'elle fut brûlée, ce ne fut qu'hier. Elle savait son arrêt dès lundi, chose fort extraordinaire. Le soir elle dit à ses gardes : « Quoi, nous ne ferons point medianoche[1] ! » Elle mangea avec eux à minuit, par fantaisie, car il n'était point jour maigre ; elle but beaucoup de vin, elle chanta vingt chansons à boire. Le mardi elle eut la question ordinaire, extraordinaire[2] ; elle avait dîné et dormi huit heures ; elle fut confrontée à Mmes de Dreux, Le Féron et plusieurs autres, sur le matelas[3] : on ne dit pas encore de ce qu'elle a dit ; on croit toujours qu'on verra des choses étranges[4]. Elle soupa le soir, et recommença, toute brisée qu'elle était, à faire la débauche avec scandale : on lui en fit honte, et on lui dit qu'elle ferait bien mieux de penser à Dieu, et de chanter un *Ave maris stella*, ou un *Salve*, que toutes ces chansons : elle chanta l'un et l'autre en ridicule[5], elle dormit ensuite. Le mercredi se passa de même en confrontations, et débauches, et chansons : elle ne voulut point voir de confesseur. Enfin le jeudi, qui était hier, on ne voulut lui donner qu'un bouillon : elle en gronda, craignant de n'avoir pas la force de parler à ces messieurs. Elle vint en carrosse de Vincennes à Paris ; elle étouffa un peu, et fut embarrassée : on la voulut faire confesser, point de nouvelles[6]. À cinq heures on la lia ; et, avec une torche à la main, elle parut dans le tombereau habillée de blanc ; c'est une sorte d'habit pour être brûlée ; elle était fort rouge, et l'on voyait qu'elle repoussait le confesseur et le crucifix avec violence. Nous la vîmes passer à

---

1. **Medianoche** : repas copieux que l'on faisait à minuit, après un jour maigre (repas léger).
2. **La question ordinaire, extraordinaire** : voir note 4, p. 50.
3. **Sur le matelas** : où on l'avait étendue après la torture.
4. La curiosité publique fut très vive dans ce procès, où se trouvaient compromis de hauts personnages. On attendait chaque jour qu'un nouveau scandale éclate.
5. **Elle chanta l'un et l'autre en ridicule** : le *Ave maris stella* et le *Salve* sont des chants religieux. La Voisin les chante, mais en les tournant en ridicule.
6. **Point de nouvelles** : rien à faire.

La vie à Paris

l'hôtel de Sully, Mme de Chaulnes et Mme de Sully, la comtesse de Fiesque, et bien d'autres. À Notre-Dame, elle ne voulut jamais prononcer l'amende honorable, et à la Grève[1] elle se défendit autant qu'elle put de sortir du tombereau : on l'en tira de force ; on la mit sur le bûcher assise et liée avec du fer, on la couvrit de paille ; elle jura beaucoup, elle repoussa la paille cinq ou six fois : mais enfin le feu s'augmenta, et on la perdit de vue, et ses cendres sont en l'air présentement. Voilà la mort de Mme Voisin, célèbre par ses crimes et par son impiété. On croit qu'il y aura de grandes suites qui nous surprendront.

Un juge, à qui mon fils disait l'autre jour que c'était une étrange chose que de la faire brûler à petit feu, lui dit : « Ah ! monsieur, il y a certains petits adoucissements à cause de la faiblesse du sexe[2]. – Eh quoi, monsieur ! on les étrangle ? – Non, mais on leur jette des bûches sur la tête ; les garçons du bourreau leur arrachent la tête avec des crocs de fer. » Vous voyez bien, ma fille, que cela n'est pas si terrible que l'on pense : comment vous portez-vous de ce petit conte ? Il m'a fait grincer des dents. Une de ces misérables qui fut pendue l'autre jour avait demandé la vie à M. de Louvois, et qu'en ce cas elle dirait des choses étranges ; elle fut refusée. Eh bien, dit-elle, soyez persuadé que nulle douleur ne me fera dire une seule parole. On lui donna la question ordinaire, extraordinaire, et si extraordinairement extraordinaire, qu'elle pensa y mourir, comme une autre qui expira, le médecin lui tenant le pouls, cela soit dit en passant. Cette femme donc souffrit tout l'excès de ce martyre sans parler. On la mène à la Grève ; avant que d'être jetée, elle dit qu'elle voulait parler : elle se présente héroïquement : « Messieurs, dit-elle, assurez M. de Louvois que je suis sa servante, et que je lui ai tenu ma parole ; allons, qu'on achève. » Elle fut expédiée[3] à l'instant. Que dites-vous de cette sorte de courage ? Je sais encore mille petits contes agréables comme celui-là : mais le moyen de tout dire ? [...]

---

1. **Grève** : Place de Grève, actuelle place de l'Hôtel-de-Ville, à Paris. C'est là qu'avaient lieu les exécutions publiques.
2. **« Il y a certains petits adoucissements à cause de la faiblesse du sexe »** : comme ce sont des femmes (le *sexe faible*...), on « adoucit » un peu le supplice du feu (mais enfin, de quelle manière !).
3. **Elle fut expédiée** : elle fut exécutée.

Lettres de Madame de Sévigné

Mère et fils

De Mme de Sévigné au marquis de Sévigné, son fils[1].

À Paris, ce 5 août [1684].

Il faut qu'en attendant vos lettres, je vous conte une fort jolie petite histoire. Vous avez regretté Mlle de ...[2]; vous avez mis au rang de vos malheurs de ne l'avoir point épousée ; vos meilleures amies étaient révoltées contre votre bonheur ; c'étaient Mme de Lavardin et Mme de La Fayette[3], qui vous coupaient la gorge. Une fille de qualité, bien faite, avec cent mille écus ! ne faut il pas être bien destiné à n'être jamais établi[4], et à finir sa vie comme un misérable, pour ne pas profiter des partis de cette conséquence, quand ils sont entre nos mains ?

Le marquis de...[5] n'a pas été si difficile, la voilà bien établie. Il faut être bien maudit pour avoir manqué cette affaire-là : voyez la vie qu'elle mène ; c'est une sainte, c'est l'exemple de toutes les femmes. Il est vrai, mon très cher, jusqu'à ce que vous ayez épousé Mlle de Mauron[6], vous avez été prêt à vous pendre ; vous ne pouviez mieux faire, mais attendons la fin. Toutes ces belles dispositions de sa jeunesse, qui faisaient dire à Mme de La Fayette qu'elle n'en aurait pas voulu pour son fils avec un million, s'étaient heureusement tournées du côté de Dieu ; c'était son amant, c'était l'objet de son amour ; tout s'était réuni à cette unique passion. Mais comme tout est extrême dans cette créature, sa tête n'a pas pu soutenir l'excès du zèle et de l'ardente charité dont elle était

---

1. Il s'agit là d'un extrait d'une des deux seules lettres que nous avons retrouvées que la marquise adresse à son fils.
2. **Mlle de ...** : Jeanne Françoise de Garaud, la fille d'un président à mortier au parlement de Toulouse.
3. **Mme de Lavardin et Mme de La Fayette** : amies intimes de la marquise de Sévigné, qui auraient tout fait pour empêcher ce mariage.
4. **N'être jamais établi** : ne jamais avoir une bonne situation, professionnelle et maritale.
5. **Le marquis de ...** : Yves d'Alègre, colonel des dragons du roi, avait épousé cette Mlle de Garaud.
6. **Mlle de Mauron** : fille d'un riche conseiller au parlement de Bretagne.

La vie à Paris

possédée ; et, pour contenter ce cœur de Madeleine[1], elle a voulu profiter des bons exemples, et des bonnes lectures de la vie des saints Pères du désert[2], et des saintes pénitentes. Elle a voulu être le *Don Quichotte* de ces admirables histoires ; elle partit, il y a quinze jours, de chez elle à quatre heures du matin avec cinq ou six pistoles, et un petit laquais ; elle trouva dans le faubourg une chaise roulante[3], elle monte dedans, et s'en va à Rouen toute seule, assez déchirée, assez barbouillée, de crainte de quelque mauvaise rencontre ; elle arrive à Rouen, elle fait son marché[4] de s'embarquer dans un vaisseau qui va aux Indes ; c'est là où Dieu l'appelle, c'est où elle veut faire pénitence ; c'est où elle a vu, sur la carte, les endroits qui invitent à finir sa vie sous le sac et sur la cendre[5] ; c'est là où l'abbé Zosime[6] la viendra communier quand elle mourra. Elle est contente de sa résolution, elle voit bien que c'est justement cela que Dieu demande d'elle ; elle renvoie le petit laquais en son pays, elle attend avec impatience que le vaisseau parte ; il faut que son bon ange la console de tous les moments qui retardent son départ ; elle a saintement oublié son mari, sa fille, son père, et toute sa famille ; elle dit à toute heure :

Çà, courage, mon cœur, point de faiblesse humaine[7].

---

1. **Madeleine** : la pécheresse repentie, souvent citée dans les Évangiles, et devenue le symbole du repentir.
2. **Saints Pères du désert** : ermites de l'Église primitive, qui menaient une vie très austère dans la solitude.
3. **Chaise roulante** : voiture à cheval louée pour effectuer des trajets d'une ville à une autre.
4. **Elle fait son marché** : elle s'arrange pour.
5. **« Sous le sac et sur la cendre »** : faire pénitence avec le sac et la cendre ou dans le sac et la cendre, signifie éprouver une vive affliction de ses péchés, des offenses commises contre Dieu.
6. **Zosime** : on raconte qu'il venait chaque année donner la communion à sainte Marie l'Égyptienne, dans la nuit du Jeudi au Vendredi saint. Sainte Marie l'Égyptienne avait mené à Alexandrie une vie de grand désordre, avant de faire pénitence dans le désert durant quarante-sept ans.
7. **Vers inspiré d'un alexandrin prononcé par Orgon dans *Le Tartuffe* de Molière** : « Allons, ferme, mon cœur, point de faiblesse humaine. »

Lettres de Madame de Sévigné

Il paraît qu'elle est exaucée, elle touche au moment bienheureux qui la sépare pour jamais de notre continent ; elle suit la loi de l'Évangile, elle quitte tout pour suivre Jésus-Christ. Cependant on s'aperçoit dans sa maison qu'elle ne revient point dîner ; on va aux églises voisines, elle n'y est pas ; on croit qu'elle viendra le soir, point de nouvelles ; on commence à s'étonner, on demande à ses gens, ils ne savent rien ; elle a un petit laquais avec elle, elle sera sans doute à Port-Royal des Champs, elle n'y est pas ; où pourra-t-elle être ? On court chez le curé de Saint-Jacques-du-Haut-Pas ; le curé dit qu'il a quitté depuis longtemps le soin de sa conscience[1], et que, la voyant toute pleine de pensées extraordinaires et de désirs immodérés de la Thébaïde[2], comme il est homme tout simple et tout vrai, il n'a point voulu se mêler de sa conduite. On ne sait plus à qui avoir recours : un jour, – deux, trois, six jours, on envoie à quelques ports de mer, et par un hasard étrange on la trouve à Rouen, sur le point de s'en aller à Dieppe, et de là au bout du monde. On la prend, on la ramène bien joliment, elle est un peu embarrassée.

J'allais, j'étais... l'amour a sur moi tant d'empire[3].

Une confidente déclare ses desseins[4] ; on est affligé dans la famille ; on veut cacher cette folie au mari qui n'est pas à Paris, et qui aimerait mieux une galanterie[5] qu'une telle équipée. La mère du mari pleure avec Mme de Lavardin, qui pâme de rire, et qui dit à ma fille : « Me pardonnez-vous d'avoir empêché que votre frère n'ait épousé cette infante ? » On conte aussi cette tragique histoire à Mme de la Fayette, qui me l'a répétée avec plaisir, et qui me prie de vous mander si vous êtes encore bien en colère contre elle ; elle soutient qu'on ne peut jamais se repentir de n'avoir pas épousé

---

1. « **Il a quitté depuis longtemps le soin de sa conscience** » : il ne la confesse plus depuis longtemps.
2. **La Thébaïde** : désert d'Égypte, dans la région de Thèbes, où vivaient les ermites du christianisme primitif.
3. Vers tiré du *Venceslas* de Rotrou.
4. **Déclare ses desseins** : avoue ses projets (de partir).
5. **Une galanterie** : une histoire d'amour hors mariage.

La vie à Paris

une folle. On n'ose en parler à Mlle de Grignan[1], son amie, qui mâchonne quelque chose d'un pèlerinage, et se jette, pour avoir plus tôt fait, dans un profond silence[2]. Que dites-vous de ce petit récit ? vous a-t-il ennuyé ? n'êtes-vous pas content ?

Adieu, mon fils ; M. de Schomberg[3] marche en Allemagne avec vingt-cinq mille hommes : c'est pour faire venir plus promptement la signature de l'empereur. *La Gazette*[4] vous dira le reste.

Une représentation d'*Esther*

De Mme de Sévigné à Mme de Grignan.

À Paris, lundi 21 février 1689.

Il est vrai, ma chère fille, que nous voilà bien cruellement séparées l'une de l'autre, *aco fa tremblà*[5]. Ce serait une belle chose, si j'y avais ajouté le chemin d'ici aux Rochers ou à Rennes : mais ce ne sera pas sitôt ; Mme de Chaulnes veut voir la fin de plusieurs affaires, et je crains seulement qu'elle ne parte trop tard[6], dans le dessein que j'ai de revenir l'hiver prochain, par plusieurs raisons, dont la première est que je suis très persuadée que M. de Grignan

---

1. **Mlle de Grignan** : fille aînée du comte de Grignan, issue d'un premier mariage (la fille de la marquise de Sévigné est la troisième épouse du comte !).
2. Mlle de Grignan parle de partir en pèlerinage, voyage sur des lieux saints, durant lequel les pèlerins gardaient parfois le silence.
3. **M. de Schomberg** : maréchal de France depuis 1675. La campagne militaire qui se déroule alors sera de courte durée : après la prise du Luxembourg par Schomberg, une trêve de vingt ans sera signée le 15 août entre la France et l'empereur.
4. *La Gazette :* créée en 1631 par Théophraste Renaudot, ce premier « journal » continuait à paraître et était devenu l'organe des informations officielles.
5. *Aco fa tremblà* : pour *aco fa tremblá(r)*, en italien : « cela fait trembler ».
6. **Mme de Chaulnes** : femme du gouverneur de Bretagne, souvent citée dans les lettres. Mme de Sévigné voulait se rendre dans sa demeure des Rochers, en Bretagne, et attendait de partir avec Mme de Chaulnes pour faire le trajet ensemble et séjourner quelques jours chez son amie. Mais la femme du gouverneur tardant trop à prendre le départ, la marquise partit sans elle, car elle voulait être de retour à Paris avant l'hiver suivant pour y voir sa fille.

Lettres de Madame de Sévigné

sera obligé de revenir pour sa chevalerie[1] ; et que vous ne sauriez prendre un meilleur temps pour vous éloigner de votre château culbuté et inhabitable[2], et venir faire un peu votre cour avec M. le chevalier de l'ordre, qui ne le sera qu'en ce temps-là.

Je fis la mienne l'autre jour à Saint-Cyr[3], plus agréablement que je n'eusse jamais pensé. Nous y allâmes samedi, Mme de Coulanges, Mme de Bagnols, l'abbé Têtu[4] et moi. Nous trouvâmes nos places gardées : un officier dit à Mme de Coulanges que Mme de Maintenon lui faisait garder un siège auprès d'elle ; vous voyez quel honneur. « Pour vous, madame, me dit-il, vous pouvez choisir. » Je me mis avec Mme de Bagnols au second banc derrière les duchesses. Le maréchal de Bellefonds vint se mettre, par choix, à mon côté droit, et devant c'étaient mesdames d'Auvergne, de Coislin et de Sully[5].

Nous écoutâmes, le maréchal et moi, cette tragédie avec une attention qui fut remarquée, et de certaines louanges sourdes et bien placées, qui n'étaient peut-être pas sous les fontanges[6] de toutes les dames. Je ne puis vous dire l'excès de l'agrément de cette pièce : c'est une chose qui n'est pas aisée à représenter, et qui ne sera jamais imitée : c'est un rapport de la musique, des vers, des chants, des personnes, si parfait et si complet, qu'on n'y souhaite rien ; les filles[7] qui font des rois et des personnages sont faites exprès : on est attentif, et on n'a point d'autre peine que celle de

---

1. M. de Grignan avait été nommé chevalier de l'ordre du Saint-Esprit, mais il n'avait pu assister à la cérémonie. Sa réception n'eut lieu que le 1er janvier 1692.
2. **Votre château culbuté et inhabitable** : le château des Grignan était alors en pleins travaux de réparation et de transformation.
3. « **Je fis la mienne l'autre jour à Saint-Cyr** » : Mme de Sévigné alla faire sa cour à Saint-Cyr, près de Versailles, où Louis XIV et sa dernière favorite et secrète épouse, Mme de Maintenon, avaient fait construire une maison d'éducation pour les jeunes filles nobles sans fortune.
4. **Mme de Coulanges, Mme de Bagnols, l'abbé Têtu** : Mme de Bagnols était la sœur de Mme de Coulanges et l'abbé Têtu, membre de l'Académie française, un ami des Coulanges.
5. Tous des personnages appartenant à la haute noblesse.
6. **Fontanges** : coiffure composée de rubans et de dentelles, dont la mode avait été lancée par Mlle de Fontanges, maîtresse de Louis XIV. Simple à l'origine, cette coiffure finit par atteindre plusieurs dizaines de centimètres de hauteur.
7. **Les filles** : ce sont les jeunes filles pensionnaires de Saint-Cyr qui interprètent tous les personnages de la pièce de Racine.

La vie à Paris

voir finir une si aimable pièce ; tout y est simple, tout y est innocent, tout y est sublime et touchant : cette fidélité de l'histoire sainte donne du respect ; tous les chants convenables[1] aux paroles, qui sont tirées des Psaumes et de la Sagesse[2], et mis dans le sujet, sont d'une beauté qu'on ne soutient pas sans larmes : la mesure de l'approbation qu'on donne à cette pièce, c'est celle du goût et de l'attention.

J'en fus charmée, et le maréchal aussi, qui sortit de sa place pour aller dire au roi combien il était content, et qu'il était auprès d'une dame qui était bien digne d'avoir vu *Esther*. Le roi vint vers nos places ; et, après avoir tourné, il s'adressa à moi, et me dit : « Madame, je suis assuré que vous avez été contente. » Moi, sans m'étonner[3], je répondis : « Sire, je suis charmée, ce que je sens est au-dessus des paroles. » Le roi me dit : « Racine a bien de l'esprit[4]. » Je lui dis : « Sire, il en a beaucoup ; mais, en vérité, ces jeunes personnes en ont beaucoup aussi : elles entrent dans le sujet, comme si elles n'avaient jamais fait autre chose. » Il me dit : « Ah ! pour cela, reprit-il, il est vrai. » Et puis Sa Majesté s'en alla, et me laissa l'objet de l'envie : comme il n'y avait quasi que moi de nouvelle venue, le roi eut quelque plaisir de voir mes sincères admirations sans bruit et sans éclat. M. le Prince et Mme la Princesse vinrent me dire un mot : Mme de Maintenon, un éclair : elle s'en allait avec le roi ; je répondis à tout, car j'étais en fortune[5].

Nous revînmes le soir aux flambeaux : je soupai chez Mme de Coulanges, à qui le roi avait parlé aussi avec un air d'être chez lui, qui lui donnait une douceur trop aimable. Je vis le soir M. le Chevalier[6], je lui contai tout naïvement mes petites prospérités[7], ne voulant point les cachoter sans savoir pourquoi, comme de certaines personnes ; il en fut content, et voilà qui est fait ; je suis

---

1. **Convenables** : adaptés, appropriés.
2. **Des Psaumes et de la Sagesse** : les chœurs d'*Esther* sont inspirés des paroles des Psaumes attribués à David, et du livre de la Sagesse, attribué à Salomon.
3. **Sans m'étonner** : sans perdre contenance.
4. **L'esprit** : au sens de génie, talent.
5. **« J'étais en fortune »** : Mme de Sévigné est au centre de l'attention des personnes proches du roi.
6. **M. le Chevalier** : le frère du comte de Grignan.
7. **Prospérités** : joie.

Lettres de Madame de Sévigné

assurée qu'il ne m'a point trouvé, dans la suite, ni une sotte vanité, ni un transport de bourgeoise : demandez-lui. M. de Meaux[1] me parla fort de vous, M. le Prince aussi : je vous plaignis de n'être pas là ; mais le moyen, ma chère enfant ? on ne peut pas être partout. Vous étiez à votre opéra de Marseille : comme *Atys* est non seulement *trop heureux*[2], mais trop charmant, il est impossible que vous vous y soyez ennuyée. Pauline[3] doit avoir été surprise du spectacle : elle n'est pas en droit d'en souhaiter un plus parfait. J'ai une idée si agréable de Marseille que je suis assurée que vous n'avez pas pu vous y ennuyer, et je parie pour cette dissipation[4] contre celle d'Aix.

Mais ce samedi même, après cette belle *Esther*, le roi apprit la mort de la jeune reine d'Espagne[5], en deux jours, par de grands vomissements : cela sent bien le fagot[6]. Le roi le dit à Monsieur le lendemain, qui était hier. La douleur fut vive : Madame criait les hauts cris, le roi en sortit tout en larmes. [...]

Votre enfant[7] est allé à Versailles pour se divertir ces jours gras ; mais il a trouvé la douleur de la reine d'Espagne : il serait revenu, sans que son oncle le va trouver tout à l'heure[8]. Voilà un carnaval bien triste et un grand deuil. [...]

---

1. **M. de Meaux** : Bossuet, évêque de Meaux.
2. *Atys :* tragédie lyrique de Lully et Quinault ; « trop heureux » est une citation empruntée à l'œuvre.
3. **Pauline** : troisième enfant de Mme de Grignan, petite-fille de Mme de Sévigné, elle épousera M. de Simiane.
4. **Dissipation** : divertissement, moyen de passer agréablement le temps.
5. **La jeune reine d'Espagne** : Marie-Louise d'Orléans, épouse de Charles II d'Espagne ; c'était la fille de Monsieur, frère de Louis XIV, et de sa première femme, Henriette d'Angleterre.
6. Mme de Sévigné veut sans doute dire qu'elle a été empoisonnée.
7. **Votre enfant** : Louis-Provence, né en 1671, deuxième enfant des Grignan.
8. **Sans que son oncle le va trouver tout à l'heure** : si son oncle (le Chevalier, frère de son père) ne devait le voir tout à l'heure.

Clefs d'analyse

La vie à Paris (p. 46-62)

Action et personnages

1. Lettre du 16 mars 1672 : quel est le sujet principal au début de cette lettre ? Sur quoi la marquise « médite »-t-elle ? Pourquoi se lance-t-elle dans ce questionnement ?
2. Même lettre : quels sont les auteurs et les livres cités dans cette lettre ? Attribuez à chaque auteur l'œuvre qui lui correspond.
3. Quels sont les reproches que la marquise formule à l'encontre de la pièce de Racine, *Bajazet* ?
4. Lettre du 17 juin 1672 : quelles tristes nouvelles M. de la Rochefoucauld apprend-il au début de la lettre ? Pourquoi ces décès l'affligent-ils particulièrement ?
5. Même lettre : la marquise a-t-elle raison de s'inquiéter pour son fils ? Justifiez votre réponse à l'aide du texte.
6. Lettre du 22 novembre 1679 : quel est l'objet de la lettre ? Pourquoi cette nouvelle devrait-elle « surprendre et fâcher » la comtesse de Grignan ?
7. Quelle est l'originalité de la lettre en date du 5 août 1684 ?
8. Résumez le contenu de cette lettre. En quoi l'histoire est-elle amusante ?

Langue

9. Lettre du 16 mars 1672 : quel est le type de phrase dominant dans le premier paragraphe du texte ? Justifiez son emploi. Quel effet a-t-il sur le lecteur ?
10. Lettre du 17 juin 1672 : « cette grêle est tombée sur lui en ma présence » : comment se nomme cette figure de style ? Analysez-la.
11. Lettre du 17 juillet 1676 : sur quel ton la marquise annonce-t-elle à sa fille l'exécution de la Brinvilliers ? Justifiez à l'aide du texte.
12. À quelle autre lettre la narration de cette exécution renvoie-t-elle ?
13. Lettre du 21 février 1689 : « un officier dit à Mme de Coulanges que Mme de Maintenon lui faisait garder un siège auprès d'elle » : à quel type de discours les paroles sont-elles rapportées ? Réécrivez ce passage au discours direct.

Clefs d'analyse

La vie à Paris (pp. 46-62)

Genre ou thèmes

14. Relevez tous les éléments de ces lettres qui justifient l'appellation de « chroniques mondaines » au sujet de la correspondance de Mme de Sévigné.

Écriture

15. Rédigez la lettre que M. de Pomponne écrit au roi pour lui demander les raisons de sa disgrâce (Lettre du 22 novembre 1679 : « il lui écrivit, […] huit enfants qu'il avait. »).

Pour aller plus loin

16. Une note de la lettre du 21 février 1689 précise que le roi s'est remarié en secret avec Mme De Maintenon. Faites un exposé oral qui présentera à vos camarades les différentes maîtresses et épouses du roi Louis XIV, en expliquant quelle influence elles ont joué sur les décisions royales.

✶ À retenir

La correspondance de la marquise permet au lecteur contemporain de suivre « de l'intérieur » la vie publique au temps de Louis XIV ; grands procès, exécutions publiques, disgrâces politiques, nous apprenons mille détails que les livres d'histoire ne donnent pas sur ces grandes affaires historiques.

La marquise et son époque

Avez-vous bien lu ?

1. **Dites si ces affirmations sur la marquise de Sévigné sont vraies ou fausses :**

   a. Son nom complet est Marie de Rabutin-Chantal ☐ vrai ☐ faux

   b. Son grand-père a été sanctifié. ☐ vrai ☐ faux

   c. Elle a été orpheline à l'âge de sept ans. ☐ vrai ☐ faux

   d. Elle vécut une enfance heureuse, entourée de cousins et d'oncles. ☐ vrai ☐ faux

   e. Son époux, le marquis de Sévigné, meurt au cours d'un duel.
   ☐ vrai ☐ faux

   f. Elle aura deux enfants, Françoise-Marguerite et Charles.
   ☐ vrai ☐ faux

   g. La majorité de ses lettres seront adressées à son fils Charles.
   ☐ vrai ☐ faux

   h. Sa fille part s'installer en Provence en 1671. ☐ vrai ☐ faux

   i. Elle écrit des lettres de Paris, mais aussi de Bretagne.
   ☐ vrai ☐ faux

   j. Elle est morte à l'âge de soixante-dix ans. ☐ vrai ☐ faux

2. **Au temps de la marquise... (Attention, plusieurs réponses sont parfois possibles !)**

   a. Le roi au pouvoir est :
   ☐ François I*er*
   ☐ Louis XIII
   ☐ Louis XIV
   ☐ Louis-Philippe

   b. Ce roi vit dans le château :
   ☐ De Grignan
   ☐ De Versailles
   ☐ Du Louvre
   ☐ De Saint-Germain-en-Laye

   c. Les écrivains célèbres sont :
   ☐ Molière
   ☐ Racine
   ☐ Corneille
   ☐ Hugo

d. On exécuta des empoisonneuses célèbres :
- ☐ La Brinvilliers
- ☐ La Voisin
- ☐ Jeanne d'Arc
- ☐ Mme de Maintenon

Le genre épistolaire

1. Reliez ces termes à leur définition :
- a. émetteur — sujet principal de la lettre
- b. destinataire — celui qui écrit la lettre
- c. objet — ensemble de lettres, fictives ou réelles
- d. correspondance — celui qui reçoit la lettre

2. Donnez une définition pour chacun des types de lettres suivants :

a. Lettre d'amour : ....
....

b. Lettre gazette : ....
....

c. Lettre ouverte : ....
....

d. Lettre de motivation : ....
....

3. Reliez les formules d'appel (qui commencent la lettre) aux formules de clôture (qui la terminent) correspondantes :
- a. Mon petit amour — Sincèrement vôtre
- b. Chère amie — Recevez, cher Monsieur, mes sentiments les meilleurs
- c. Monsieur le Directeur — Tendrement
- d. Mademoiselle — À bientôt

Avez-vous bien lu ?

Le style de la marquise

1. Dites, pour chacun des extraits suivants, si le registre est plutôt comique, pathétique ou épique.

a. « Ma douleur serait bien médiocre si je pouvais vous la dépeindre ; je ne l'entreprendrai pas aussi. J'ai beau chercher ma chère fille, je ne la trouve plus ; et tous les pas qu'elle fait l'éloignent de moi. Je m'en allai donc à Sainte-Marie toujours pleurant et toujours mourant : il me semblait qu'on m'arrachait le cœur et l'âme ; et en effet, quelle rude séparation ! » (Lettre du 6 février 1671.)

Registre : ....

b. « je songeai à me coucher ; cela n'est pas extraordinaire ; mais ce qui l'est beaucoup, c'est qu'à trois heures après minuit j'entendis crier au voleur, au feu ; et ces cris si près de moi, si redoublés, que je ne doutai point que ce ne fût ici ; je crus même entendre qu'on parlait de ma pauvre petite-fille ; je ne doutai pas qu'elle ne fût brûlée. » (Lettre du 20 février 1671.)

Registre : ....

c. « Ce pont d'Avignon où l'on aurait tort de passer en prenant de loin toutes ses mesures ! Un tourbillon de vent vous jette violemment sous une arche ! Et quel miracle que vous n'ayez pas été brisée et noyée dans un moment ! » (Lettre du 4 mars 1671.)

Registre : ....

d. « Voici un terrible jour, ma chère fille ; je vous avoue que je n'en puis plus. Je vous ai quittée dans un état qui augmente ma douleur. Je songe à tous les pas que vous faites et à tous ceux que je fais, et combien il s'en faut qu'en marchant toujours de cette sorte nous puissions jamais nous rencontrer. » (Lettre du 5 octobre 1673.)

Registre : ....

Avez-vous bien lu ?

67

Chroniques du XVIIe siècle

Avez-vous bien lu ?

1. **Dites à quel personnage de la liste proposée ci-dessous sont arrivées les mésaventures suivantes :**
   Lauzun – Fouquet – Pomponne – La Brinvilliers – M. de La Rochefoucauld.

   a. Ses fils ont été tués ou blessés lors du passage de l'Yssel, au cours de la guerre du Rhin, en 1672 :
   ....

   b. Il a été disgracié par le roi, malgré une charge de huit enfants, et alors même qu'il était connu pour sa fidélité et son intégrité :
   ....

   c. Son mariage avec la grande Mademoiselle, qui était quasiment fait, a été annulé au dernier moment par le roi :
   ....

   d. Elle a été brûlée vive, après avoir été convaincue d'empoisonnement :
   ....

   e. Il a été exilé à vie par le roi, à la suite d'un procès où il aurait pu être condamné à mort
   ....

2. **Sans relire les lettres, donnez la définition des termes de justice suivants :**
   a. sellette : ....
   b. question ordinaire : ....
   c. question extraordinaire : ....
   d. chancelier : ....
   e. chambre : ....
   f. rapporteur : ....
   g. faire amende honorable : ....
   h. tombereau : ....
   i. échafaud : ....
   j. la Grève : ....

La langue de la marquise

1. **Réécrivez ce texte inspiré par la langue de la marquise en français moderne :**

   « Ma chère bonne, je vais vous mander un nouvelle extraordinaire, une chose qui fait crier miséricorde, qui fait discourir partout dans les faubourgs ! Avez-vous deviné ? Je vous le donne en trois ! L'incendie a pris chez mes voisins du Marais ! Je comprends l'étonnement où vous êtes en apprenant cela. Lorsque vous recevrez ma lettre envoyée par cet ordinaire, je ne peux qu'espérer qu'ayant eu avis de cet événement, vous redoublerez de prudence dans votre demeure de Grignan. Soufflez toutes vos chandelles ! »

2. **Un peu de subjonctif ? Le style de la marquise de Sévigné prête aujourd'hui à rire, en particulier par l'usage généreux qu'elle fait du mode subjonctif, à l'imparfait, dont les terminaisons en –asse, –isse, ou –usse sont assez comiques pour nos oreilles modernes.**

   a. Rappelez ce que sert à exprimer le mode subjonctif, en barrant les propositions inutiles :

   l'incertitude – le souhait – le doute – l'interdiction – l'ordre – une action future

   b. Transposez ces verbes au subjonctif imparfait (vous pouvez vous référer à un manuel de conjugaison pour vous aider !), en conservant la même personne :

   Je parle : ....

   Tu chantes : ....

   Il boit : ....

   Nous sourions : ....

   Vous prenez : ....
   Elles dorment : ....

Avez-vous bien lu ?

Thèmes et prolongements

❖ L'épistolaire

> La lettre a existé à toutes les époques de la littérature ; nous avons retrouvé des lettres de pharaons d'Égypte ou d'auteurs de l'Antiquité comme Platon, Cicéron ou Sénèque. Mais c'est au XVIIe siècle que le genre épistolaire prend toute son importance.

Définition d'un genre

On désigne aussi bien par l'expression « genre épistolaire » les correspondances privées que publiques, ainsi que les lettres fictives intégrées dans des romans. Mais que le destinataire des lettres soit inventé, ou au contraire réel, ne change pas l'un des principes fondamentaux du genre épistolaire, celui de la double énonciation. Comme au théâtre, lire une lettre suppose que l'on s'interroge sur les raisons qui ont poussé son émetteur à l'écrire, et sur les effets que cette lecture peut avoir sur le destinataire et sur le lecteur.

Le genre de la lettre est très codifié, et dès le XVIe siècle, des ouvrages de correspondance édictent les règles à suivre pour bien écrire une lettre : formules de politesse précises et adaptées au destinataire, organisation de la page, signature, etc.

La lettre en littérature

Il s'agit de faire la différence, en littérature, entre les lettres destinées à être publiées, et les lettres privées d'écrivains ou de personnalités historiques, qui sont souvent publiées après la mort de leur auteur (c'est le cas de la correspondance de la marquise de Sévigné).

Le genre du roman épistolaire s'est développé en France à partir de la fin du XVIIe siècle. Il s'agit d'un roman écrit par lettres, ayant un ou plusieurs émetteurs fictifs. Ce procédé permet au narrateur de s'effacer en donnant la parole directement à ses personnages ; le lecteur a l'impression de pénétrer leur intimité. Le choix du roman par lettres produit aussi un effet de réel, puisqu'on peut supposer que l'auteur n'a fait que réunir des lettres trouvées. Ce genre s'est particulièrement épanoui au XVIIIe siècle, en raison de l'engouement des libertins pour cette forme d'expression intimiste. L'un des romans

Thèmes et prolongements

épistolaires les plus célèbres est d'ailleurs une œuvre libertine, *Les Liaisons dangereuses*, de Choderlos de Laclos.

Les correspondances au XVIIe siècle

Il n'est pas étonnant que ce soit au XVIIe siècle, alors que l'art de la conversation et les causeries mondaines de salons acquièrent une importance majeure, que le genre épistolaire s'épanouisse. Véritables chroniques mondaines, les lettres renseignent les lecteurs sur la vie de cour et ses intrigues, sur les événements culturels ou judiciaires, ou sur des choses plus futiles telles que la mode... À cet égard, les Lettres de Mme de Sévigné (publiées pour la première fois en 1725) apparaissent comme un modèle du genre, et comme la chronique la plus vivante du règne de Louis XIV.

Les lettres au temps des Lumières

Au XVIIIe siècle, on continue à beaucoup s'écrire ! L'auteur le plus prolixe en la matière reste le philosophe Voltaire, dont la correspondance est la plus volumineuse qui ait jamais existé : plus de dix-huit mille lettres, envoyées à des correspondants dans toute l'Europe sur une période de plus de soixante ans.

Les philosophes des Lumières, Diderot, Rousseau, Montesquieu, ont particulièrement apprécié ce genre. Ainsi, Montesquieu publie les *Lettres persanes* en 1721, roman dans lequel deux amis persans arrivent en France, et relatent à leurs compagnons restés en Perse leurs incroyables « découvertes ».

Du XIXe siècle à nos jours

Au XIXe siècle, les auteurs continuent à utiliser le genre épistolaire pour partager leurs confidences les plus intimes, ou pour théoriser leur travail. C'est le cas par exemple de Flaubert, qui écrira de très nombreuses lettres à son amie Louise Colet pour lui parler de la difficulté du travail de l'écrivain, ou encore de Mallarmé, dont la *Correspondance* permet de suivre l'une des aventures poétiques les plus fascinantes de l'histoire de la littérature.

Bien entendu, de nos jours, l'usage d'Internet et des courriels est venu bouleverser tout ce bel héritage, et l'on peut se demander ce qu'il restera dans les années à venir de la correspondance de nos auteurs contemporains !

Thèmes et prolongements

❖ Louis XIV et la vie intellectuelle au XVIIe siècle

> Mme de Sévigné suit de très près les événements culturels de son époque. Sa position privilégiée lui permet même d'assister à certaines fêtes ou ballets organisés par le roi. Louis XIV est en effet connu pour avoir été un grand amateur de musique, de danse, mais aussi de théâtre, et pour avoir organisé des ballets somptueux mêlant tous ces arts.

Louis XIV et la danse

Le roi, dès sa jeunesse, montra un grand intérêt pour la danse, la musique et les arts. Il suivit deux heures de cours de danse chaque jour, avec de grands professeurs, et il devint un artiste émérite dans cette discipline. Il n'était pas rare d'ailleurs qu'il choisisse de danser dans les ballets qu'il organisait au château. À certaines occasions, il dansa même avec la fille de Mme de Sévigné, elle-même connue pour ses grandes qualités en la discipline !

Pour divertir la cour, le roi organise de somptueuses fêtes, afin que la noblesse comprenne bien qu'il est le seul maître du royaume, et qu'il contrôle aussi bien les guerres que les plaisirs. Dès le Ballet royal de la nuit, qu'il organisa en 1653, Louis XIV prit pour emblème le soleil, d'où son surnom de Roi-Soleil. En 1664, la fête des « Plaisirs de l'Île enchantée » dure huit jours complets ! Épreuves sportives, concours de poésie, concerts de musique, comédie-ballet de Molière et Lully, feux d'artifice... Les invités n'ont pas le temps de s'ennuyer !

Louis XIV est passionné de musique, mais aussi d'opéra, un art tout récemment importé d'Italie, que Jean-Baptiste Lully mettra à la mode en France. La particularité de l'opéra français de Lully fut de concilier ballet, musique et théâtre, dans de grandioses représentations qui charmaient le roi.

Louis XIV et le théâtre

Certains historiens affirment que l'on joua plus de mille deux cents tragédies et comédies à la cour sous le règne de Louis XIV. En effet,

Thèmes et prolongements

le roi était un grand amateur de théâtre, et il adorait assister à tous types de spectacles. Il prit sous sa protection différentes troupes de comédiens, par exemple la troupe des Comédiens-Italiens, qui devint alors la troupe des Comédiens ordinaires du Roi. Il garda aussi sous son aile le célèbre Scaramouche ou l'acteur Tiberio Fiorilli. Ce dernier occupera le Petit-Bourbon, qu'il partagera avec l'Illustre-Théâtre de Molière, et l'Hôtel de Bourgogne.

Louis XIV assista à la représentation des deux pièces de Racine, *Athalie* et *Esther*, que Mme de Maintenon, sa dernière épouse, a fait jouer pour ses « filles » de Saint-Cyr (les jeunes filles pauvres de la noblesse dont elle prenait en charge l'éducation). Les pièces sont interprétées par les demoiselles de Saint-Cyr et mises en scène par Racine ; mais les représentations sont privées, réservées à un petit nombre d'élus, dont Mme de Sévigné.

En 1680, le roi créa la Comédie-Française, et il fut à l'initiative de la création de nombreuses académies : l'Académie de danse en 1661, l'Académie de musique en 1669, l'Académie des sciences en 1666 ou encore celle d'architecture en 1671.

Louis XIV et l'architecture

Cependant, Louis XIV ne se contente pas de partager les plaisirs « éphémères » du spectacle vivant avec ses sujets. Il est aussi un grand constructeur. Ainsi, il commence par améliorer le Louvre, avant de jeter son dévolu sur Versailles, où il entreprend des travaux pour assainir l'environnement, dès 1661. En 1668, il confie à l'architecte Le Vau le soin d'agrandir le château existant depuis Louis XIII. Le Vau va littéralement transformer l'endroit, ajoutant des colonnes aux façades, des balcons de fer forgé recouverts de dorures, des bustes sur les balustrades élégantes... Jules Hardouin-Mansart sera chargé de la création de la Galerie des Glaces, qui sera décorée par Charles Le Brun. Versailles et ses célèbres jardins baignés de fontaines et de jeux d'eau, créés par Le Nôtre sur d'anciens marécages, sont encore aujourd'hui un chef-d'œuvre unique au monde !

Thèmes et prolongements

❖ Le récit d'un amour maternel

> Il peut paraître surprenant pour un lecteur d'aujourd'hui de lire les preuves d'amour passionné de la marquise pour sa fille. Mais il faut restituer ces lettres dans leur contexte. En effet, au temps des mariages de raison, il n'était pas rare que les liens familiaux soient plus forts que ceux du mariage !

Françoise-Marguerite, fille de Mme de Sévigné

Françoise-Marguerite a été élevée par sa mère, sauf durant un court séjour qu'elle fit à la Visitation de Nantes ; solidement instruite, on a parfois pu qualifier la demoiselle de très gâtée, voire hautaine et froide, mais éblouissante de beauté, et dansant à la perfection ! « La plus jolie fille de France » se montra plusieurs fois à la cour, et dansa avec le roi, Madame et Mme de Montespan, entre 1663 et 1665, dans le ballet des Arts, dans celui des Amours déguisés, et dans celui de la Naissance de Vénus. En 1668, le roi parut la remarquer ; mais Mlle de Sévigné lui préféra François d'Adhémar, comte de Grignan, plus très jeune, pas très beau, et déjà veuf deux fois, qu'elle épousa en janvier 1669. À la fin de l'année, il fut nommé lieutenant général en Provence, afin de représenter le gouverneur, le duc de Vendôme, qui n'avait que treize ans. Grignan partit donc en avril 1670. Sa femme, qui était enceinte, resta à Paris où elle accoucha le 15 décembre de la petite Marie-Blanche, dont elle confia le soin et l'éducation à sa mère, et elle rejoignit le comte le 5 février 1671. C'est à ce moment-là que débuta une correspondance passionnée de la mère à sa fille…

Le récit d'une séparation

On peut être surpris par le ton réellement amoureux que la marquise emploie pour écrire à sa fille. L'apostrophe « ma bonne », dont elle use « à tout bout de lettre », marque une première preuve de cet attachement. Et si la marquise prétend s'obliger à ne pas l'accabler de manifestations de tendresse trop excessives, il n'en demeure pas

Thèmes et prolongements

moins que cet amour pour sa fille reste l'un des sujets principaux de ses lettres, et surtout une conclusion enflammée à chacune des missives. Par ailleurs, l'épistolière refuse de se plier aux contraintes du genre de la lettre, à des formules trop policées, trop impersonnelles, dont elle se moquera d'ailleurs à l'occasion. Au contraire, elle n'hésite pas à comparer cet amour à l'amour conjugal, voire à l'amour qu'elle est censée éprouver pour Dieu lui-même. Ce qui donne lieu, dans certains courriers, à de fausses déclarations de repentance, comme si la marquise s'en voulait de parfois préférer sa fille au Créateur.

Un amour peut-être pas si idyllique...

Cela dit, les relations entre la mère et la fille n'ont pas toujours été aussi merveilleuses que les *Lettres* pourraient nous le faire croire. Avant le départ de la fille pour la Provence, les disputes entre les deux femmes aux caractères bien trempés, et surtout différents, n'étaient pas rares. Et la marquise enjoint sa fille, dès les premiers échanges, à oublier ces nuages du passé, la priant de coucher sur le papier tous ses états d'âme. Si les courriers retrouvés font état d'une passion plus forte que tout, la marquise ne pouvait que constater, à chaque retrouvaille avec sa « chère bonne », que les relations n'étaient pas toujours faciles, l'affection de la fille n'étant pas toujours à la hauteur de celle de la mère. Ce fut particulièrement le cas en 1672, lorsque la marquise se rendit en Provence, puis en 1676, alors que la comtesse revint passer plusieurs mois à Paris : la fille, froide et soucieuse du monde, était gênée par la tendresse excessive de la mère, qui se désolait d'être reçue avec indifférence ; il en résultait des froissements et des querelles, que la séparation faisait oublier.

Finalement, avec le temps, les querelles s'apaiseront, et c'est dans la demeure de sa fille, en Provence, que la marquise de Sévigné terminera sa vie.

Textes et images

✥ La lettre d'amour

> La lettre est l'un des moyens privilégiés pour avouer ses sentiments à l'être aimé ; elle est le support, réel ou fictif, des plus belles déclarations d'amour. Des correspondances devenues célèbres nous permettent de découvrir la plume passionnée de personnages célèbres, comme Napoléon. D'autres, inventées, restent des modèles de discours amoureux.

Documents :

1. Victor Hugo à Juliette Drouet, automne 1835.
2. Napoléon Ier à sa femme Joséphine, 1795.
3. Vermeer de Delft, Jeune Femme lisant une lettre, peinture à l'huile, 1663.
4. Alfred Stevens, La Lettre de rupture, peinture à l'huile, 1867.

❶ *[Lorsqu'il rencontre la comédienne Juliette Drouet en 1833, Victor Hugo, déjà marié et père de 4 enfants, en tombe immédiatement amoureux. Ils s'écriront des lettres passionnées durant plus de cinquante ans.]*

Quand tu liras ce papier, mon ange, je ne serai pas auprès de toi, je ne serai pas là pour te dire : pense à moi ! Je veux que ce papier te le dise. Je voudrais que dans ces lettres tracées pour toi tu puisses trouver tout ce qu'il y a dans mes yeux, tout ce qu'il y a sur mes lèvres, tout ce qu'il y a dans mon cœur, tout ce qu'il y a dans ma présence quand je te dis : je t'aime ! – Je voudrais que cette lettre entrât dans ta pensée comme mon regard, comme mon souffle, comme le son de ma voix pour lui dire à cette charmante pensée que j'aime : n'oublie pas !

Tu es ma bien-aimée, ma Juliette, ma joie, mon amour, depuis trois ans bientôt !

Textes et images

Écris-moi quand je ne suis pas là, parle-moi quand je suis là, aime-moi toujours !
(Il est deux heures du matin, j'ai interrompu mon travail pour t'écrire. Je vais le reprendre.) C'est que j'avais besoin de te parler, de t'écrire, de m'adresser à toi, de baiser en idée tes beaux yeux endormis, de te faire ma prière ! C'est que j'avais besoin de reposer mon esprit sur ton image et mes yeux sur un papier que tu verras !
Dors bien. (J'espère t'aller voir dès que j'aurai fini dans quelques heures. Il me semble que c'est bien long. Quelques heures ! Ce sera bien court quand je serai près de toi.)
Vois-tu, ma Juju, ils ont encore été bien beaux ces jours d'automne mêlés de pluie et de vent dont nous allons sortir. Ne nous plaignons pas de cette année. Elle a été bonne, radieuse et douce. Je pense seulement avec tristesse que tu as eu tes pauvres pieds mouillés et froids.
Tu es une noble créature aimante, dévouée et fidèle. Je t'aime plus que je ne puis le dire. Je voudrais baiser tes pieds. Je veux que tu penses à moi.
À bientôt. T'aimer, c'est vivre.

2

Paris, 1795.
Je me réveille plein de toi. Ton portrait et le souvenir de l'enivrante soirée d'hier n'ont point laissé de repos à mes sens. Douce et incomparable Joséphine, quel effet bizarre faites-vous sur mon cœur ! Vous fâchez-vous ? Vous vois-je triste ? Êtes-vous inquiète ? Mon âme est brisée de douleur et il n'est point de repos pour votre ami... Mais en est-il donc davantage pour moi, lorsque, me livrant au sentiment profond qui me maîtrise, je puise sur vos lèvres, sur votre cœur, une flamme qui me brûle. Ah ! c'est cette nuit que je me suis bien aperçu que votre portrait n'est pas vous ! Tu pars à midi, je te verrai à trois heures. En attendant, *mio dolce amor*, reçois un millier de baisers mais ne m'en donne pas, car ils brûlent mon sang.

Textes et images

❸

Textes et images

Pour approfondir

Textes et images

Étude des textes

Savoir lire

1. Relevez, pour chacune des lettres proposées, l'expéditeur et le destinataire. Pour quel document ce relevé est-il plus compliqué ? Pour quelle raison ?
2. Quel champ lexical domine les deux lettres ?
3. Quels types de phrases sont le plus employés par les auteurs ?
4. S'agit-il de lettres privées, publiques, réelles ou fictives ?

Savoir faire

5. Rédigez la réponse de Juliette Drouet à Victor Hugo.
6. Faites des recherches sur Napoléon Ier, ses différentes campagnes et son histoire avec Joséphine, afin de proposer un exposé oral à votre classe. Vous lirez des extraits d'autres lettres adressées à sa femme.

❖ Étude des images

Savoir analyser

1. Comment Vermeer de Delft fait-il ressortir la figure principale (document 3) ?
2. Quels attitude et différents gestes permettent de faire ressentir les sentiments de la jeune fille dans le tableau d'Alfred Stevens ?

Savoir faire

3. Présentez d'autres tableaux de Vermeer de Delft mettant en situation des jeunes femmes lisant ou écrivant des lettres.
4. Rédigez un texte décrivant l'un des deux tableaux. Vous devrez prendre en compte, dans votre description, le fond du tableau.

Textes et images

✣ La lettre engagée

Les auteurs se sont souvent servis de la lettre pour exprimer leur engagement en faveur d'une cause qu'ils défendent. Il peut s'agir de lettres adressées à une personne en particulier, ou au contraire d'une lettre ouverte, destinée à être lue par le plus grand nombre, ou encore de lettres fictives intégrées à des romans.

Documents :

- ❶ Montesquieu, *Lettres persanes*, lettre 99 (1721).
- ❷ Émile Zola, « J'accuse », *L'Aurore*, 1898, début de la lettre.
- ❸ Un coiffeur à la fin du XVIIIe siècle, gravure (1837).
- ❹ *La surprise anglaise, ou la Française à Londres*, caricature anglaise (1770).

❶ Rica à Rhédi, à Venise

Je trouve les caprices de la mode, chez les Français, étonnants. Ils ont oublié comment ils étaient habillés cet été ; ils ignorent encore plus comment ils le seront cet hiver. Mais, surtout, on ne saurait croire combien il en coûte à un mari pour mettre sa femme à la mode.

Que me servirait de te faire une description exacte de leur habillement et de leurs parures ? Une mode nouvelle viendrait détruire tout mon ouvrage, comme celui de leurs ouvriers, et, avant que tu eusses reçu ma lettre, tout serait changé.

Une femme qui quitte Paris pour aller passer six mois à la campagne en revient aussi antique que si elle s'y était oubliée trente ans. Le fils méconnaît le portrait de sa mère, tant l'habit avec lequel elle est peinte lui paraît étranger ; il s'imagine que c'est quelque Américaine qui y est représentée, ou que le peintre a voulu exprimer quelqu'une de ses fantaisies.

Quelquefois, les coiffures montent insensiblement, et une révolution les fait descendre tout à coup. Il a été un temps que leur hauteur immense mettait le visage d'une femme au milieu d'elle-

Textes et images

même. Dans un autre, c'étaient les pieds qui occupaient cette place : les talons faisaient un piédestal qui les tenait en l'air. Qui pourrait le croire ? Les architectes ont été souvent obligés de hausser, de baisser et d'élargir les portes, selon que les parures des femmes exigeaient d'eux ce changement, et les règles de leur art ont été asservies à ces caprices. On voit quelquefois sur le visage une quantité prodigieuse de mouches[1], et elles disparaissent toutes le lendemain. Autrefois, les femmes avaient de la taille et des dents ; aujourd'hui, il n'en est pas question. Dans cette changeante nation, quoi qu'en disent les mauvais plaisants, les filles se trouvent autrement faites que leurs mères.

Il en est des manières et de la façon de vivre comme des modes : les Français changent de mœurs selon l'âge de leur roi. Le monarque pourrait même parvenir à rendre la nation grave, s'il l'avait entrepris. Le prince imprime le caractère de son esprit à la cour ; la cour, à la ville, la ville, aux provinces. L'âme du souverain est un moule qui donne la forme à toutes les autres.

De Paris, le 8 de la lune de Saphar, 1717.

Pour approfondir

② Lettre à M. Félix Faure, président de la République

Monsieur le Président,

Me permettez-vous, dans ma gratitude pour le bienveillant accueil que vous m'avez fait un jour, d'avoir le souci de votre juste gloire et de vous dire que votre étoile, si heureuse jusqu'ici, est menacée de la plus honteuse, de la plus ineffaçable des taches ?

Vous êtes sorti sain et sauf des basses calomnies, vous avez conquis les cœurs. Vous apparaissez rayonnant dans l'apothéose de cette fête patriotique que l'alliance russe a été pour la France, et vous vous préparez à présider au solennel triomphe de notre Exposition universelle, qui couronnera notre grand siècle de travail, de vérité et de liberté. Mais quelle tache de boue sur votre nom – j'allais dire

---

1. **Mouche** : Petit morceau de taffetas noir que les dames, aux XVIIe et XVIIIe siècles, se collaient sur le visage.

Textes et images

sur votre règne – que cette abominable affaire Dreyfus ! Un conseil de guerre vient, par ordre, d'oser acquitter un Esterházy, soufflet suprême à toute vérité, à toute justice. Et c'est fini, la France a sur la joue cette souillure, l'histoire écrira que c'est sous votre présidence qu'un tel crime social a pu être commis.

Puisqu'ils ont osé, j'oserai aussi, moi. La vérité, je la dirai, car j'ai promis de la dire, si la justice, régulièrement saisie, ne la faisait pas, pleine et entière. Mon devoir est de parler, je ne veux pas être complice. Mes nuits seraient hantées par le spectre de l'innocent qui expie là-bas, dans la plus affreuse des tortures, un crime qu'il n'a pas commis.

Et c'est à vous, monsieur le Président, que je la crierai, cette vérité, de toute la force de ma révolte d'honnête homme. Pour votre honneur, je suis convaincu que vous l'ignorez. Et à qui donc dénoncerai-je la tourbe malfaisante des vrais coupables, si ce n'est à vous, le premier magistrat du pays ?

Pour approfondir

Textes et images

❸

Textes et images

La Surprise Angloise
Ou la Françoise a L'Ondre

The French Lady
in London.

Coiffure Inventée en faveur des personnes de petite taille.

Textes et images

Étude des textes

Savoir lire
1. S'agit-il de lettres réelles, fictives, intégrées à des romans ?
2. Quelles sont les critiques faites dans ces lettres ? Quels moyens sont utilisés par les auteurs pour faire ces critiques ?
3. La lettre d'Émile Zola est-elle une lettre ouverte ? Pourquoi ?
4. Montrez que Zola joue sur les sentiments du président de la République pour le persuader de se rallier à son opinion.

Savoir faire
5. Rédigez une lettre à un ami parti vivre à l'étranger, pour lui décrire la mode actuelle. Vous porterez un regard critique et amusé sur cette mode.
6. À l'aide du professeur documentaliste et de votre professeur de français, faites un exposé sur l'éducation des femmes au XVIIIe siècle.
7. Rédigez à votre tour une lettre ouverte à un journal actuel, pour dénoncer un fait d'actualité qui vous révolte.

❖ Étude des images

Savoir analyser
1. À quel texte les deux images font-elles écho ? Quels termes précis du texte vous ont permis de répondre ?
2. Dans le document 3, quels sont les objets inattendus pour un coiffeur ? En quoi ces objets sont-ils comiques ?
3. Dans le document 4, analysez l'attitude des animaux et de l'homme présent dans le salon. En quoi est-ce comique ?

Savoir faire
4. Présentez, sur un panneau ou dans un diaporama, différentes caricatures critiquant la mode.
5. Avec l'aide du professeur de dessin, faites à votre tour une caricature sur un phénomène de mode actuel.

Vers le brevet

Sujet 1 : Marquise de Sévigné, lettre du vendredi 20 février 1671 (p. 31-34).

Questions

1. Précisez qui est l'émetteur de la lettre, son destinataire, et le lien familial et affectif qui les unit. Appuyez-vous pour répondre sur les formules d'adresse au destinataire.
2. Relevez les pronoms personnels qui désignent l'auteur et le destinataire.
3. Quelle est la fonction de cette lettre (informative ? affective ?). Quel effet l'auteur cherche-t-il à produire sur le destinataire ?
4. Quel est l'événement rapporté ? À quel moment de la journée a-t-il eu lieu ?
5. Qui sont les personnages se trouvant impliqués dans l'action ?
6. Précisez en quoi la situation de certains personnages peut paraître dramatique.
7. Quel a été le dénouement de cet événement ?
8. « avant-hier » : à quel jour précis cette indication temporelle renvoie-t-elle ? Grâce à quel élément pouvez-vous répondre ?
9. « Je vous avoue » (l.1) : donnez le temps, le mode et la valeur du verbe.
10. Quel est le temps utilisé dans la suite de la lettre ? Est-ce le temps le plus usité dans une lettre ?
11. Précisez quel est le niveau de langage de la lettre, en justifiant votre réponse.
12. La marquise dramatise l'événement ; relevez les champs lexicaux du feu, des cris, de la peur et de la douleur qui le prouvent.
13. Montrez, en citant des exemples, que l'auteur fait malgré tout preuve d'humour.

14. « avec un tremblement » : donnez la classe et la fonction de ce segment de phrase.

Réécriture

Réécrivez le passage allant de « Je vous avoue » à « qui trouble mon repos » en mettant les verbes au passé simple de l'indicatif.

Rédaction

Racontez l'incendie du point de vue de M. de Guitaud. Il est trois heures du matin, tout est calme, lorsque le voisin de Mme de Sévigné est réveillé par les flammes... Vous utiliserez un narrateur interne, et le point de vue de M. de Guitaut. Votre texte sera écrit au système du passé.

Petite méthode pour la rédaction

- Lorsqu'un texte est écrit au **système du passé**, le temps de référence est le passé simple pour les actions de premier plan, et l'imparfait pour les descriptions et les actions de second plan. Lorsqu'on veut évoquer un événement antérieur au temps de référence, on utilise le plus-que-parfait ou le passé antérieur (si l'action est achevée). On utilise le conditionnel pour exprimer une action future (dans le passé !), ou une hypothèse.
- Lorsqu'un texte est écrit au **système du présent**, le temps de référence est le présent ! Le passé composé et l'imparfait servent à exprimer une action passée, et le futur simple une action prévue dans l'avenir.

Sujet 2 : Lettre de Victor Hugo à Juliette Drouet (p. 76-77). De : « Quand tu liras ce papier, mon ange » à la fin de la lettre.

Questions

1. Relevez quatre adjectifs qualificatifs qui caractérisent le destinataire, et précisez s'ils sont mélioratifs ou péjoratifs.
2. Quel est le type de phrase utilisé dans la phrase « Pense à moi ! ».
3. Relevez deux autres phrases du même type : quel sentiment révèle-il ?
4. Quelle est la figure de style employée dans la phrase : « Je voudrais que cette lettre… N'oublie pas ! » ? (2 possibilités de réponse) ; quel est l'effet produit ?
5. Relevez au moins deux énumérations dans le texte, et analysez l'effet produit par chacune d'elles.
6. Quels sentiments principaux Victor Hugo éprouve-t-il ?
7. Que signifie, symboliquement, le geste évoqué par l'expéditeur à la fin du texte ?
8. Combien de propositions compte la première phrase ?
9. « …avec tristesse » : donnez la classe et la fonction grammaticales de ce groupe de mots.
10. « …que tu as eu souvent tes pauvres pieds mouillés et froids » : donnez la classe et la fonction grammaticales de cette proposition.
11. « quand je te dis » et « il est deux heures du matin » : à quel temps les verbes de chaque citation sont-ils conjugués ? Quelle est la valeur de ce temps pour chaque citation ?
12. « Écris-moi…, parle-moi…, aime-moi toujours ! » : Quel est le mode verbal de ces verbes ? Pourquoi ce mode est-il ici employé ?

Réécriture

Réécrivez le passage : « Quand tu liras ce papier, mon ange » à « quand je te dis : je t'aime ! » en remplaçant les pronoms de la deuxième personne du singulier par les pronoms de la deuxième personne du pluriel. Vous ferez tous les changements nécessaires.

Rédaction

Juliette Drouet a bien reçu la lettre d'amour de Victor Hugo. Malheureusement, elle n'éprouve plus les mêmes sentiments à l'égard du poète. Vous rédigerez sa réponse, dans laquelle elle lui annonce leur rupture, mais avec beaucoup de ménagements et de gentillesse.

Petite méthode pour la rédaction

Pour rédiger une lettre, il faut suivre certaines règles formelles assez précises :
- indiquer le lieu et la date d'écriture de la lettre en haut à droite ;
- indiquer le nom du destinataire, et éventuellement l'objet de la lettre ;
- commencer par une formule d'introduction ;
- terminer par une formule de politesse adaptée à la personne à laquelle on écrit ;
- signer le courrier.

Le niveau de langue du courrier doit s'adapter au destinataire. On n'écrira pas de la même façon au président de la République qu'à son amant !

Outils de lecture

Apologue : bref récit argumentatif, qui a pour fonction d'illustrer une morale pouvant être explicite ou implicite. L'apologue présente des personnages et des situations symboliques, représentatifs de la morale que l'auteur veut en dégager.

Champ lexical : ensemble de mots ou d'expressions se rapportant à un même thème. Les termes peuvent appartenir à la même famille, à la même notion ou simplement renvoyer à une même réalité. Au singulier, un *champ* s'écrit sans « s » final !

Chronique : récit d'événements réels ou imaginaires, racontés dans l'ordre chronologique, et qui donne une vision globale d'une période précise.

Correspondance : ensemble de lettres écrites par quelqu'un, ou échangées entre des personnes.

Énonciation : l'énonciation est l'acte de produire un énoncé dans une situation précise. La **situation d'énonciation** (circonstances spatio-temporelles de l'énonciation) est la situation dans laquelle une parole a été émise ou la situation dans laquelle un texte a été écrit. La situation d'énonciation répond aux questions : qui parle (l'énonciateur) ? à qui (interlocuteur) ? à quel moment ? où ? La **double énonciation** renvoie au fait que dans une lettre, comme au théâtre, l'auteur peut s'adresser à son destinataire (un personnage réel ou fictif), mais aussi à d'autres lecteurs.

Épistolaire : relatif à la correspondance par lettres.

Épistolier, épistolière : personne qui aime écrire des lettres, ou qui excelle dans l'art de les écrire.

Figure de style : manière de s'exprimer qui permet de modifier le langage ordinaire pour le rendre plus expressif.

Galanterie : la galanterie est l'ensemble des règles de politesse et de comportement que les hommes doivent adopter à l'égard des femmes. Au XVIIe siècle, dans les salons mondains, une galanterie ressemblant beaucoup à la courtoisie médiévale se développe ; mais elle s'en détache malgré tout pour

Outils de lecture

se rapprocher de ce que l'on nommera déjà à l'époque la préciosité.

Ironie : raillerie qui consiste à dire le contraire de ce que l'on pense, tout en faisant entendre le contraire de ce que l'on dit, grâce à l'intonation ou à la complicité entre l'auteur et son interlocuteur.

Madrigal : petit poème en vers exprimant une pensée fine, tendre ou galante.

Méditation : action de réfléchir, de penser profondément à un sujet, à la réalisation de quelque chose.

Moraliste : écrivain qui décrit et critique les mœurs de son époque et développe, à partir de là, une réflexion sur la nature et la condition humaines.

Niveaux de langue (ou registres de langue) : le niveau de langue correspondant au type de vocabulaire et à la syntaxe employés pour s'adresser à un interlocuteur. En français, il existe trois niveaux de langue : familier, courant et soutenu.

Point de vue (ou focalisation) : angle de vue adopté par le narrateur pour raconter une histoire. Il peut être **omniscient** – le narrateur sait tout de ses personnages, leur passé, leur avenir, leurs pensées, etc., **externe** – à la manière d'une caméra en observant une scène de l'extérieur sans avoir accès aux pensées des personnages, ou **interne** – dans ce cas-là, la scène est vue par le regard d'un des personnages. Le narrateur peut faire varier les points de vue au cours d'un même récit, voire d'un même paragraphe.

Pseudonyme : nom d'emprunt, parfois inventé, sous lequel un auteur ou un artiste se fait connaître du grand public (Voltaire est le pseudonyme de François Marie Arouet). Il peut aussi s'agir d'un nom utilisé par une tierce personne, par exemple dans une correspondance, pour déjouer la censure ou pour parler à mots couverts.

Bibliographie et filmographie

Autres éditions des lettres de Mme de Sévigné

Lettres choisies, Folio Gallimard, 1988

Lettres, Flammarion, 1993

Sur Mme de Sévigné

L'ABCdaire de Madame de Sévigné et le Grand Siècle, Flammarion, 1996

Madame de Sévigné vue par des écrivains de Bussy-Rabutin à Philippe Sollers, Seuil, 1996

Anne Bernet, *Madame de Sévigné. Mère passion*, Perrin, 1996

Roger Duchêne, *Chère Madame de Sévigné*, Découvertes Gallimard, 1995

Livres inspirés par les lettres de Mme de Sévigné

Bruno de Cessole, *Le Moins Aimé*, éd. de la Différence, 2009

> ▶ Un homme écrit à sa mère, gravement malade, une longue lettre, dans laquelle il cherche à comprendre pourquoi celle-ci lui a préféré son autre enfant. L'homme se nomme Charles de Sévigné, sa sœur Françoise de Grignan, et leur mère n'est autre que la célèbre Mme de Sévigné.

Françoise Hamel, *Ma chère mère*, Plon, 2001

> ▶ L'écrivain imagine les réponses de Françoise de Grignan aux lettres de sa mère.

D'autres correspondances célèbres

Baudelaire, *Correspondance*, présentation de Claude Pichois et Jérôme Thélot, Folio classique, Gallimard, 2000

Flaubert, *Correspondance*, présentation de Bernard Masson, Folio classique, Gallimard, 1998

André Gide, *Correspondance avec sa mère*, Gallimard, 1988

Bibliographie et filmographie

Proust, ***Correspondance***, présentation par Jérôme Picon, GF-Flammarion, 2007

Mallarmé, ***Correspondance, Lettres sur la poésie***, présentation de Bertrand Marchal, Folio classique, Gallimard, 1995

Arthur Rimbaud, ***Lettres de la vie littéraire***, L'Imaginaire Gallimard, 1990

Voltaire, ***Correspondance choisie***, La pochothèque - Classiques modernes, Librairie générale française, 1997

Lettres de jeunes résistants, Albums dada, Mango, 2008

> ▶ Ce recueil de lettres écrites par des résistants (G. Môquet, G. Péri, D. Casanova, etc.), avant leur exécution, offre un témoignage sur la Seconde Guerre mondiale et retrace les grandes étapes de cette période de l'histoire contemporaine.

Des romans épistolaires

Alphonse Daudet, ***Lettres de mon moulin***, Petits Classiques Larousse

Galit Fink, ***Si tu veux être mon amie***, Folio Junior, Gallimard Jeunesse

Rachel Hausfater-Douieb et Yaël Hassan, ***De Sacha à Macha***, Flammarion Jeunesse

> ▶ « Il y a quelqu'un ? » Derrière son ordinateur, Sacha envoie des e-mails à des destinataires imaginaires, comme autant de bouteilles à la mer. Jusqu'au jour où Macha lui répond. C'est le début d'une bien étrange correspondance...

Kathrin Kressmann Taylor, ***Inconnu à cette adresse***, Étonnants Classiques, Flammarion

> ▶ Une longue complicité unit Max et Martin, deux associés marchands d'art. En 1932, Martin retourne vivre en Allemagne, tandis que Max, juif américain, demeure en Californie. « Je crois que Hitler est bon pour le pays, mais je n'en suis pas sûr », lui confie bientôt Martin. Un sombre pressentiment envahit Max à mesure que son compagnon espace leur correspondance. L'histoire aura-t-elle raison de leur amitié ?

Bibliographie et filmographie

Véronique Massenot, ***Lettres à une disparue***, Livre de Poche Jeunesse
- ▶ Dans un pays soumis à la dictature, Melina pleure Paloma, sa fille « portée disparue », enlevée avec son mari et leur petite fille. Au bout de quatre ans, l'espoir de la revoir vivante disparaît peu à peu… Elle décide alors de lui écrire pour exprimer sa douleur et son amour, pour recréer un lien avec cette fille tant aimée. Puis un jour, de cette longue nuit, la vie ressurgit : Nina, la fille de Paloma est vivante…

Montesquieu, ***Lettres persanes***, Petits Classiques Larousse

Ann Rocard, ***Enquête par correspondance***, Grasset Jeunesse

Jean Webster, ***Papa-Longues-Jambes***, Gallimard Jeunesse

Crédits photographiques

Couverture	**Dessin Alain Boyer**
18	Ph. Jeanbor © Archives Larbor
25	Ph. P. Delatouche © Archives Larbor
34	Ph. Coll. Archives Larbor
43	Ph. Jeanbor © Archives Larbor
78	Ph. © Rijksmuseum - Archives Larbor
79	© Archives Larbor
84	Ph. O.Ploton © Archives Larousse
85	Ph. O. Ploton © Archives Larousse

Photocomposition : JOUVE Saran
Impression : Rotolito Lombarda (Italie)
Dépôt légal : janvier 2014 – 308375/01
N° Projet : 11016961 – janvier 2014